孟繁华 主编

中百部篇正典

寻找妻子古菜花 北北
淡绿色的月亮 须一瓜
同居 吴玄
让蒙面人说话 麦家

北方联合出版传媒(集团)股份有限公司
春风文艺出版社
·沈阳·

图书在版编目（CIP）数据

寻找妻子古菜花/北北著．淡绿色的月亮/须一瓜著．同居/吴玄著．—沈阳：春风文艺出版社，2018.7（2022.1重印）
（百年百部中篇正典/孟繁华主编）
本书与"让蒙面人说话"合订
ISBN 978-7-5313-5489-5

Ⅰ．①寻… ②淡… ③同… Ⅱ．①北… ②须… ③吴… Ⅲ．①中篇小说—小说集—中国—当代 Ⅳ．①I247.5

中国版本图书馆CIP数据核字（2018）第135527号

北方联合出版传媒（集团）股份有限公司
春风文艺出版社出版发行
http://www.chunfengwenyi.com
沈阳市和平区十一纬路25号　邮编：110003
北京一鑫印务有限责任公司印刷

选题策划：单瑛琪	责任编辑：张玉虹
封面设计：琥珀视觉	责任校对：于文慧
印制统筹：刘　成	幅面尺寸：145mm × 210mm
字　　数：160千字	印　张：6.5
版　　次：2018年7月第1版	印　次：2022年1月第4次
书　　号：ISBN 978-7-5313-5489-5	
定　　价：31.00元	

版权专有　侵权必究　举报电话：024-23284391
如有质量问题，请拨打电话：024-23284384

百年中国文学的高端成就
——《百年百部中篇正典》序

孟繁华

从文体方面考察，百年来文学的高端成就是中篇小说。一方面这与百年文学传统有关。新文学的发轫，无论是1890年陈季同用法文创作的《黄衫客传奇》的发表，还是鲁迅1921年发表的《阿Q正传》，都是中篇小说，这是百年白话文学的一个传统。另一方面，进入新时期，在大型刊物推动下的中篇小说一直保持在一个相当高的水平上。因此，中篇小说是百年来中国文学最重要的文体。中篇小说创作积累了极为丰富的经验，它的容量和传达的社会与文学信息，使它具有极大的可读性；当社会转型、消费文化兴起之后，大型文学期刊顽强的文学坚持，使中篇小说生产与流播受到的冲击降低到最低限度。文体自身的优势和载体的相对稳定，以及作者、读者群体的相对稳定，都决定了中篇小说在消费主义时代能够获得绝处逢生的机缘。这也让中篇小说能够不追时尚、不赶风潮，以"守成"的文化姿态坚守最后的文学性成为可能。在这个意义上，中篇小说很像是一个当代文学的"活化石"。在这个前提下，中篇小说一直没有改变它文学性的基本性质。因此，百年来，中篇小说成为各种文学文体的中坚力量并塑造了自己纯粹的文学品质。中篇小说因此构成百年文学的奇特景观，使文学即便在惊慌失措的"文化乱世"中也取得了令人瞩目的艺术成就，这在百年中国的文化语境中不能不说是一个奇迹。作家在诚实地寻找文学性的同时，也没有影响他们对现实事务介入的诚恳和热情。无论如何，百年中篇小说代表了百年中国文学的高端水平，它所表达的不同阶段的理想、追求、焦虑、矛盾、彷徨和不确定性，都密切地联系着百年中国的社会生活和心理经验。于是，一个文体就这样和百年中国建立了如影随形的镜像关系。它的全部经验已经成为我们最重要的文学财富。

编选百年中篇小说选本，是我多年的一个愿望。我曾为此做了多年准备。这个选本 2012 年已经编好，其间辗转多家出版社，有的甚至申报了国家重点出版基金，但都未能实现。现在，春风文艺出版社接受并付诸出版，我的兴奋和感动可想而知。我要感谢单瑛琪社长和责任编辑姚宏越先生，与他们的合作是如此顺利和愉快。

入选的作品，在我看来无疑是百年中国最优秀的中篇小说。但"诗无达诂"，文学史家或选家一定有不同看法，这是非常正常的。感谢入选作家为中国文学付出的努力和带来的光荣。需要说明的是，由于版权和其他原因，部分重要或著名的中篇小说没有进入这个选本，这是非常遗憾的。可以弥补和自慰的是，这些作品在其他选本或该作家的文集中都可以读到。在做出说明的同时，我也理应向读者表达我的歉意。编选方面的各种问题和不足，也诚恳地希望听到批评指正。

是为序。

2017 年 10 月 20 日于北京

目 录

寻找妻子古菜花……………………北　北 / 001
淡绿色的月亮……………………须一瓜 / 047
同　居………………………………吴　玄 / 094
让蒙面人说话……………………麦　家 / 144

寻找妻子古菜花

北　北

上　部

一

二十九岁的李富贵挑起担子出发的日子，正是一年中雨下得最大的那天。

雨下得很大，箭一般一条条刺下来，直戳地上，地上出现一道道小坑。李富贵不戴斗笠，不披雨衣，他挑起担子，拉开门，腿一抬就跨了出去。几分钟后，村里人就看到竹竿一样高瘦的李富贵像一道闪电出了村子，拐入小道，上了大路。有人叹了口气，有人发了会儿呆，他们认为李富贵傻掉或疯掉了。大大咧咧爱说爱笑的李富贵这一年来没有跟任何人说过一句话，李富贵不说话，眼睛也不看人，李富贵走过来走过去，对谁都不理睬。

这个村叫桃花村，名字挺好听，村子却不好看。从村口往里数，数过两百幢房子，就把整个村子数遍了。而数遍村中所有房子之后会发现，能够在黄土垒起来的外墙上再抹上一层白灰，这就是须仰望的好房子了。得理解桃花村的现状，桃花村是县城最边远的地方，也是海拔最高的村庄，一座山又一座山，挡在了桃花村的前面，外面的世界跟桃花村没什么关系。

现在李富贵要走了，到外面世界去了。雨哗哗地扑打着李富贵，把他眼睛打眯成一条线，把他衣裳打得湿漉漉皱巴巴地贴到身上。路有些滑，桃花村的路还从来没有被水泥铺过，黄泥沙的路面，浸了水后，软了，黏了，踏在上面，犹如陷入一片大年糕，左一脚深，右一脚浅，歪来斜去。但是李富贵的行进速度并没有受到影响，李富贵仍然闪电般往前走。担子在他肩上晃着，吱吱呀呀响着。担子不重，包着塑料布，猜得出来，那里头有被褥，还有几件换洗的衣裳。

那个木匠是李富贵自己叫来的，所以李富贵不理人，不跟人说话，并没有多少道理。李富贵去了趟三十公里外的尚干镇，除了带回肉、带回鱼干、布料、毛线、鞋子、肥皂、味精、盐巴等等之外，还带回一个人，那是一年零一个月前的事了。有人问：富贵呀，是你的什么亲戚吧？李富贵呵呵笑着，大声答道：不是亲戚，是木匠，我要打个衣柜哩。差不多整个村子都听到李富贵的声音，即使没有亲耳听到，转眼间也早有人转告了。衣柜？桃花村的人能有个箱子放衣服就算不错了，哪有那么多的衣服可放啊？就是古菜花也不能例外，古菜花虽然有模有样的，眉是眉，眼是眼，身子该凹该凸都不含糊，但古菜花冬两套、春三套、秋四套、夏五套,她的衣服扳着手指头也数得过来,哪至于打个衣柜来装呢?这就是李富贵自己的不是了。

　　衣柜是用杉木来做,李富贵自家种的杉木。先前他早已砍下几根晾在那儿,木匠说不够,李富贵提着斧头出去,眨眼间就拖着飘着清香的木头回来了,一根不够,他再砍一根,再不够他再砍。没有八年十年,一棵树是长不成那么粗的,为了衣柜,仅仅为了衣柜,说砍就砍了,村里人唏嘘着,啧啧着,李富贵却拍拍手,朗声问木匠够不够,不够再砍。木匠皱着眉,看着李富贵,看着古菜花,看着刚刚失去生命的杉树,好像在做什么比较。李富贵咧开嘴呵呵笑着追问道:够吧?够不够?木匠不看他,继续看木头,木头像艺术品似的让木匠歪着头看了又看。李富贵以为木匠心疼木头,他搓着手,围着木匠碎步走来走去。李富贵说,喂喂喂,你说够不够?够不够了呢?木匠不说够,也不说不够,木匠说,新木头做不了衣柜,得晾着,不晾干了,做出的东西眨眼就变形了。李富贵说,变形了可不行,怎么能变形呢?不能变形,变形了怎么放衣服?木匠说,那就不能急了,那几株老木头我先开工吧,新的,锯了它们,搁到风口上,吹十来天也行了。木匠嘴里呵出浓浓的烟味,那味道与桃花村人抽的旱烟不一样。木匠的眼神也与桃花村人不一样,木匠总是斜着眼看人,木匠的眼珠子好像从来没有放在眼眶的正中过。

　　木匠姓许,他只说自己姓许,其他的,他没有说。

　　许木匠在院子里拉起了架势,他在院子里锯呀,刨哇,钉啊。刚刚入夏,阳光灼灼发白,阳光把许木匠的影子拉长,压扁,再拉长,一天就这么过去了。一天天就这么过去了。

柜子高三米，宽四米，这个尺寸是许木匠定出来的。李富贵对许木匠说，我要打个衣柜。许木匠说，行。李富贵说，衣柜要弄得实用又好看。许木匠说，行。于是李富贵就叫许木匠跟他走，到桃花村，到李富贵家。

李富贵家是在两年前建起来的，那时山上的第一批松木砍下，运出，卖掉，就用这钱，李富贵盖了屋，娶了亲。房子当年仅盖了一层，但外墙抹了白灰，十分鲜亮，新媳妇古菜花开心死了，眼睛笑得眯成两条缝，白洁细密的牙齿充分往外露，被阳光一照，熠熠发光。半年后，房子又加盖一层，外墙还抹白灰。多么宽敞亮堂的房子！许木匠在屋里走过来走过去，指间夹着烟，偶尔吸一口，吐一口，然后斜着眼问，你们想做什么样的衣柜？李富贵一怔。李富贵本来以为来了木匠，有了木材，衣柜就可以一点点做起来了。想做什么样的衣柜？衣柜不就是衣柜吗，又实用又好看，就行了。许木匠说，衣柜的式样千万种，规格万千样，你们要做哪一种？李富贵挠挠头，看看古菜花。古菜花也看着他，又看着许木匠。古菜花说，就按城里人的做法吧。城里人怎么做我们就怎么做。许木匠鼻孔中呼出一口气，眼珠子翻了翻。城里人的做法？许木匠说，城里人装修讲究着哩，一套房子少说也是十万二十万投下去，城里人谁还孤零零做一个衣柜？城里人的衣柜是一整排一整排做过去的，顶天立地，嵌在墙内，搬不动移不走。李富贵有点抱歉地笑笑，拍拍许木匠的背。李富贵说，我们不知道怎么做，就听你的，你见过世面，你说怎么做就怎么做吧。许木匠重重吸一口烟，右手做成手枪状，拇指支着下巴，食指与中指夹着烟往前竖。许木匠这个样子挺好看的，许木匠歪着头，看了看墙，看了看地，来回走几步，说，那就做个三米高四米宽的柜子吧，靠在这个墙上，气派。

一个月后，做好的衣柜果然气派，立在那里，像一位霸道的美人，毫不客气地将整面墙占去。李富贵动了心眼，寻思着上山再砍些木头来，再做一两样家具。但许木匠却要走了，许木匠讨了工钱，收拾了家什，他走了。

古菜花也走了。李富贵的妻子古菜花一个招呼都不打，就走了。

有人看见，古菜花是同许木匠一起走的。

二

村里人说，古菜花如果是桃花村的，就不会走掉，古菜花不是桃花村的，所以走掉了。

李富贵满二十七岁才跟古菜花结婚。桃花村二十七岁以后才结婚的人多的是，一点不奇怪，但李富贵二十七岁才结婚就很怪。李富贵跟别人不一样，别人缺钱，他不缺钱，李富贵承包的那一山的树林子都是钱，一片片树叶就跟一张张钞票似的，可李富贵也挨呀挨，挨到二十七岁，遇到古菜花，结成了婚。结了婚不到一年，古菜花却走了。

雨真大，雨打得李富贵睁不开眼，但他走得还是那么快，脚踩烂泥，吱吱作响。

二十七岁那一年，李富贵也是这么快地走过古家村。他直着腰身，迈着大步，从古家村望不到边的茉莉园旁走过。茉莉正在开放，娇小玲珑，吐着芬芳。李富贵深深吸几口，他喜欢茉莉，茉莉的气味比松脂更香醇清新。好一朵美丽的茉莉花，好一朵美丽的茉莉花。歌声唱起来，不是李富贵唱，是一个女的，女人的声音。循声望去，李富贵看到茉莉花一样清爽洁净的古菜花。古菜花戴着斗笠，套着手袖，腰间系着一个竹篮，双手蜻蜓点水般在茉莉花丛上越过。别人摘茉莉只是两手动，古菜花腰肢也动，手上摘满了花，就腰一扭，放入了竹篮，再一扭，手又动起来。别人低头摘花，默然无声，古菜花却唱歌。好一朵美丽的茉莉花，好一朵美丽的茉莉花。李富贵停下来，听着歌。又蹲下来，脸往上仰起，试图看一看古菜花的长相。斗笠的阴影遮住了五官，李富贵什么也没看清，但李富贵心跳很快，心好像一下子大了几圈，在胸腔里翻腾着，怦怦怦，响得吓人。

古家村的人看不起桃花村，桃花村一直被看不起，没有法子，桃花村太偏了，太穷了，县里每年第一笔救济款总是给了桃花村。古菜花后来告诉李富贵，如果知道他是桃花村的，她是不会开口唱歌的。大太阳底下摘花，并不是多诗意的活，汗像溪水一样不停地淌着。好一朵美丽的茉莉花，美丽的茉莉花必须被太阳狠狠一晒才发得出芬芳，拿到茶厂去才能卖出好价钱。古菜花不喜欢茶，一喝茶胃就胀，胀得吃不下饭，还隐隐作痛，但是每年夏季，太阳最毒的时候，她都得下地去摘茉莉，摘下的茉莉卖到茶厂去做茉莉花茶。这时她看到一个男人，五官清秀，个子高壮，从路的那一头，迈着大步，风一样疾速而来，于是她嗓子痒了，她张开了口。古菜花说，早知道你是桃花村的，我打死都不会唱的，我昏了头，把自己唱到桃花村了。李富贵嘿嘿笑起，李富贵笑得非常舒心，还有几分得意。古家村最漂亮的女孩古菜花，他把她娶到了桃花村。他盖了房，抹了白灰，把古菜花娶进来，古菜花那时也是开心的，古菜花好像一直都很开心，有说有笑，常常靠过来，蹭着李富贵的身子撒娇，偶尔还学学电视里的人，在李富贵脸上亲一口，咬一口，咯咯咯地笑。可是有一天，她却突然走了，连个招呼也不打，她走了。

李富贵的存折，在结婚那天就交给了古菜花，全部交给。还有一条金项链，一对金耳环，两个金戒指。古菜花走了，存折和金器并不带走，古菜花把它们用红布包好，塞在枕头底下，李富贵的枕头。她是两手空空地走的，除了两身换洗的衣服，她什么也没带走。

李富贵打了个哈欠，再打了个哈欠，他是朝天打的，所以雨水哗哗灌进嘴中，李富贵转动舌头，重重一咽。他听到咕噜声，还感觉到雨水与食道的轻轻摩擦，他又重重一咽。

今年没有下过这么大的雨，今年雨一直没有，一天接一天阳光都明晃晃的。已经有树枯死了，去年新栽下的树，但李富贵不管。李富贵曾经把树当爹一样孝敬着。他写了一个比簸箕还大的牌子，挂在半山。牌子上有四个字：树是我爹。谁实在缺钱，急着救命，找李富贵借可以，给一点也可以，但不能偷砍树，砍树就要拼命。树是我爹，也就是李富贵说得出这样的话。但这一年山上的树你追我赶地枯死去，李富贵不管。

是奈月来告诉李富贵的，奈月到山上去，转一转，眉头皱到一起。树枯了，她对李富贵说。李富贵没有答，甚至看都不看她一眼。树枯了，再不浇水，会枯死更多。李富贵还是没有答。奈月就不再说话了，她坐下，坐在李富贵的对面，两人间隔着一张桌子。奈月看着李富贵，李富贵不看她。

上了高中后奈月就经常这么看着李富贵，他们是同班同学，都在尚干镇中学寄宿，一星期才能回桃花村一趟。回村的路上李富贵总在不停地说着话，学校里的，班上的，老师的，同学的，各种各样的事李富贵都知道，李富贵是校学生会副主席。奈月看着他，一直看着他。没有比奈月更不爱讲话的女孩了，奈月一天讲不了几句话，除非万不得已，她根本不想开口。高中三年，他们一起走了三年，李富贵一路喋喋不休说了三年。三年后，李富贵没有考上大学，虽然惋惜，却没有人奇怪。李富贵表现好，品行好，组织能力好，学习成绩却是一般般的。奇怪的是奈月，奈月也没有上录取线。奈月数理化很好，好得全年段从没有人敢跟她比高低，可是，奈月也没考上。新学期开始时，奈月到学校缴了钱，打算再补习一年。李富贵却不补习了，他承包了村里三百六十亩荒山，要种树。奈月来劝他，也说不出什么话，只是看着他，说，去吧，你去吧，去补习。李富贵不听，扛起锄头就上山。奈月返身去了学校，把书包收拾了，把东西收拾了，回到桃花村。

奋玉很生气，奋玉是奈月的父亲，也是桃花村的支书。奋玉跺一个脚，全村都要震动三天。但是奋玉拿奈月没有办法，奈月低着头，一动不动，什么话都不应，脸上也什么表情都没有。最后奋玉说累了，骂累了，转身走掉。这是奈月的绝招，以柔克刚。以后关于外出打工，关于出嫁等诸事，奈月也都是采取类似的办法，无论你怎么说，她就是不外出，就是不出嫁。现在奈月也二十九岁了，桃花村有这么大没结婚的男人，但没有这么大岁数还没出嫁的女人。奈月一天天老了，脸上起了黑斑，有了皱纹，还有些发胖，但她不出嫁。

奋玉为奈月的事找过李富贵，那时山上的树刚长到齐人高，李富贵从信用社贷出的钱还远没有还清，所以根本看不出李富贵会有发起来的一天。你跟奈月的事怎么样了？奋玉问道，脸上显然挂着几分不情愿。李富贵挠挠头，眼睛一眨一眨的，没明白。你究竟跟奈月的事怎么样了？奋玉又问，声音提高了很多，鼻孔也张大了，两道粗气重重呼出。李富贵继续挠头，然后问：什么怎么样了？奋玉破口大骂，后来在很多场合，一有人提起这个话头，奋玉就破口大骂李富贵。

李富贵挑着担子走在雨中，脚下的胶鞋底已经不知什么时候脱落了，留在烂唧唧的土里。李富贵赤着脚，走得很快，闪电一样快。他很久没有赤着脚走路了，有了钱，他足以买很多鞋，皮鞋、运动鞋都买得起。奋玉那张愤怒的脸在雨中慢慢现了出来。李富贵那天不知道奋玉为什么愤怒，刚开始真的不知道，头都快挠破了。奈月是他的同学，他们一起从学校往桃花村走了三年，那又怎么样了呢？奈月是奈月，李富贵是李富贵。奈月长得不难看，只是屁股大了点，相当大，腰那个部位一结束，往下陡然就面积剧增，盛大的肥肉在那里堆积如山，画出一左一右两道大弧线，宛若两个括号。奈月在学校的外号就是屁股，大家背地里都这叫她，那个屁股怎么怎么，那个屁股又怎么怎么，听的人都知道说的是谁。不过，即使是这样，奈月也不难看，而且奈月是奋玉的女儿，这一点别人看来很重要，只是李富贵没觉得重要。为什么一路上要说那么多的话呢？因为李富贵爱说话，因为路上没其他人可说。李富贵一直没有从性别意义上看过奈月，奈月是同学。这么大的雨，天地白茫茫一片，眼都睁不开，李富贵这时候想到的奈月仍然是同学奈月。

三

李富贵不知道到哪里找古菜花,没有人知道古菜花去了哪里。李富贵一趟趟往古家村跑,古菜花的母亲说古菜花没有跟她联系过,古菜花母亲甚至手指戳到李富贵的鼻梁,她说我女儿好好的被你娶走,怎么说不见就不见了?李富贵答不上来。怎么说不见就不见了?他也一直在想,想不明白。不过他不相信古菜花母亲的话,古菜花不跟她联系,古菜花一声招呼都不打就走了,可古菜花一定会跟她母亲联系的。自己的母亲,古菜花怎么会不联系?

唱了一首歌,成了李富贵的妻子,古菜花笑嘻嘻地说自己被李富贵骗了。李富贵说谁骗谁了?我走我的路,你摘你的花,可是你却偏要在我路过时唱歌,唱得又那么好听,声音又脆又甜,这就不能怪我了。好一朵美丽的茉莉花,古菜花的样子比茉莉花还诱人。李富贵那天就不走了,他进入古家村,找人打听,打听那个唱歌的女孩。三天后媒人登上古菜花家,手中拿着李富贵的照片。古菜花仔细打量照片中穿西装打领带的李富贵,听媒人叨叨说着。古菜花的母亲摆手摇头,很生气的样子,说,怎么能提个桃花村的亲?不可能的。媒人问古菜花,古菜花也说,不可能的。媒人走了,李富贵来了。李富贵不是来一次,他平均每天来一次,每次都赖在古家,非见到古菜花不可。古菜花的母亲烦了,手叉到腰上大骂,骂桃花村的人不要脸。但古菜花拦住了母亲,不知不觉间古菜花脸上多了一些闪烁不定的光泽,最后她看着李富贵,脸突然红了。她说,好吧,我嫁给你。

李富贵真的没有逼她,是她自己说好吧,我嫁给你。

古菜花这么一说，李富贵就马上回到桃花村，开始盖新房。时间太紧了，他只盖了一层，又宽又大的一层，里外抹了白灰，亮堂堂的，然后把古菜花娶来。好一朵美丽的茉莉花，闹洞房的人逼古菜花唱歌，古菜花看看李富贵，李富贵点点头，古菜花就唱起来了，她的嗓音真好，像广播喇叭里传出来的。做了李富贵妻子的古菜花不再下地，没有上山，李富贵什么重活都不让她做，李富贵把她养在家里，白白嫩嫩的，一天比一天好看。可是有一天，古菜花却突然走了。她去了哪里？不知道。

李富贵是在尚干镇遇见许木匠的，尚干镇农贸市场门口。那天李富贵买了布料买了毛线、肥皂、盐巴、味精出来，向人打听哪里有木匠。桃花村也有人做木工活，但李富贵嫌他们活太糙，不要他们，他到镇上来找。人群中马上有回答，他说我就是木匠，我姓许。

许木匠的手艺的确不错，锯起木板又快又直。他先把新砍下的杉木锯了，一片片整齐地靠到墙头，然后再锯已经晾干的老木头。细密的木屑在阳光下飞舞，像被放大的细菌一样轻盈飞舞，落了许木匠一身，连睫毛上都沾了一层，这使许木匠身上有一股很特别的清香。在城里做工是不要手工锯的，许木匠说，在城里用电锯，哪要手工锯得这么麻烦。李富贵知道许木匠没有说谎，他在尚干镇看过人家锯木头，哗一下推过去，尖厉的声音马上响起，只是眨眼间，一根木头一分两半了。许木匠到桃花村，只做一个衣柜，他没有带来电锯，只能用手工，李富贵觉得有点对不起许木匠似的，对他直笑，还让古菜花弄出很多菜给许木匠吃。

每天三顿之外另加两餐点心，桃花村人无论请泥工、木工还是裁缝，都是这么款待的。许木匠自己并没提出要求，许木匠对吃住一句都没说什么，但李富贵还是照桃花村的规矩做了。三顿饭菜反正跟主人一起吃，有肉有酒就是了，讲究不多。主要是点心，桃花村人对客人的情意在点心里才能体现出来。有一种白丸子，其他地方不多见，是用糯米做成的，糯米先和了水，浸泡一夜后，放到石磨里磨成浆，然后榨干水分，搓成细长条，掰成指甲大小的一粒粒，再晒干，又白又嫩，像古菜花一样又白又嫩。白丸子制作的过程很烦琐，煮起来更费心：水太凉下锅了，散成粉状；水太烫下锅了，又结成一团夹生了。古菜花第一天就端出白丸子给许木匠吃，许木匠没推辞，低着头，一勺接一勺吃得飞快。然后嘴一抹，他说，好吃。古菜花笑笑，回答说，富贵也说好吃。

李富贵的确喜欢吃白丸子，古菜花做的白丸子。他挑着担子，不戴斗笠，不披雨衣，闪电般到了尚干镇。箭似的大雨还在下，农贸市场因为雨天而冷清，摊主坐在那里打着瞌睡或者聊天。李富贵走进沙县小吃店。来一碗白丸子，他说。店主说，白丸子没有了。李富贵猛地把桌子一拍，他说，给我来一碗白丸子！

李富贵跟店主熟悉，每次来镇上，李富贵都到农贸市场旁的这家小吃店，炒两盘菜，喝一瓶啤酒。他到镇上不仅买布料、盐巴，还买苗木、化肥和杀虫剂。树一年年长大长成后，他更要来找买主。他常到镇上，常进这家小吃店，可是现在店主认不出他来了。店主看看他，他浑身上下没有一块干的，衣服湿漉漉皱巴巴地贴着皮肤，东一块西一块沾着泥巴，地上已经摊下一堆水。

而且，他身子在抖，发紫的嘴唇不停地哆嗦着。店主说，你先来点酒吧，喝点酒，你可能太冷了。李富贵说，给我来一碗白丸子！店主有些不高兴了，眼睛瞪起来，店主说，没有白丸子卖，要吃你找别人去！李富贵把桌子又一拍，霍地站起，又坐下，他说，我是李富贵，我要一碗白丸子！

店主没有见过这副样子的李富贵，李富贵先前每次来都打扮得有模有样，夏天T恤，冬天西装或者夹克，连头发留的都是分头，桃花村没有第二个人这么讲究的，连奋玉都不如他。店主认识的是那副样子的李富贵，而现在的李富贵，除了一身湿漉漉外，还有长长的头发与胡子，头发与胡子把他脖子以上遮得几乎看不见肉了。

古菜花会剪头发，真看不出古菜花居然会剪头发，比理发店剪得还好。李富贵的分头以前是到镇上剪的，后来是古菜花剪。古菜花拿着剪刀按住李富贵的头，咯咯笑着。古菜花说，让我剪，你给我剪。李富贵说，要是剪得太难看了怎么办？古菜花说，再难看也是我看，我不嫌弃你就是了，你让我剪。结果一剪，李富贵很满意，古菜花也很满意。古菜花说，你哪天如果不要我了，我就去开理发店养活自己。李富贵说，你哪天如果不要我了，我就再也不剪头发了，我要一直留着。然后李富贵到了镇上，一把梳子，一把剪刀，一把推剪，他把这些东西都买回去。李富贵的头发长得快，又黑又密，古菜花每两星期给他修剪一次。古菜花走的那天上午还给他剪一次，最后一次。古菜花端了一张椅子到院子里，这不奇怪，每次都是在院子里剪。许木匠也在院子里，衣柜已经做好了，很鲜亮地立在那里，许木匠把最后的几颗钉子嵌进去，锤子砸下去咚咚响着，还有回声。李富贵问他，你看怎么样？我妻子古菜花手艺怎么样？许木匠瞥了一眼，说，好。李富贵就让古菜花也给许木匠剪。许木匠推辞了，不是客气，是很认真地推辞。李富贵就过去，拉着他的胳膊拖过来，按在椅子上。李富贵说，免费剪发，让古菜花给你剪一次，一定不会难看，难看我赔你。古菜花第一次给李富贵以外的男人剪发，剪得很好，许木匠照照镜子，摸着头也笑了。许木匠很少笑，几乎没见他笑过。许木匠说，咦，真不错，剪得真不错。

那天中午吃过饭后，李富贵去山上逛一圈，他每天总要到山上几次，去看看树。去之前他把工钱付了，还跟许木匠说了谢谢。从山上回来，许木匠已经走了，古菜花也走了。

四

奈月把头发一股脑梳到脑后，高高扎起，几乎高到头顶。从高中起她一直都留这种发型，高中的时候头发非常浓密，没有人觉得她这么梳有什么不妥，可是十几年过去，奈月已经不是十几岁的小女孩了，从头顶垂到背上的那撮马尾发也越来越稀疏了，可她居然还留这种发型，每天一个样，从来不改。李富贵是这么跟奈月介绍古菜花的，他说，奈月，这是我妻子古菜花，你就叫她菜花吧。奈月甩甩头发，眼睛左右闪烁了一阵，才定住，落到古菜花身上。她笑笑，说，你好，菜花。奈月比古菜花大，大了五岁，这从外表一眼就看得出来。所以，古菜花叫道：奈月姐。

李富贵要娶古菜花的消息奈月很迟才知道。李富贵盖房，奈月来看过，但奈月没把盖房与娶亲联系起来。奈月说，房子真漂亮，为什么第二层不盖上去呢？李富贵说，来不及了，先盖一层。奈月想问为什么来不及了。这时工人喊李富贵，李富贵就跑了过去。几天后奋玉对奈月说，你现在死心了吧？李富贵要跟古家村的人结婚了，结婚证书都打了。奈月不相信奋玉的话，只是表面上不相信，内心还是猛地咚了一声。接下去，大红请帖就到了，李富贵请奈月参加他的婚礼。奈月没有去，桃花村所有人的婚礼奈月都不参加，包括李富贵的。奈月总是以要上课来推辞，她要上课，给桃花村小学的孩子上课，奈月不补习不打算再考大学后，就去桃花村小学当代课老师。当了老师后其实也不见得就忙成什么样，大家都知道奈月其实只是找一个借口而已。

李富贵结婚了，奈月就再不去找他，路上碰到了，李富贵向奈月介绍古菜花，古菜花叫奈月姐，奈月甩甩头发，笑一笑，走了。奋玉说，现在该嫁了吧？人家都结婚了，李富贵这个兔崽子！

李富贵让奋玉失了很大一个面子，但李富贵又是村里少不了的一个人物。"六一"节，李富贵给村小学捐款，给初中校买课桌椅，甚至上面来检查，请了客，村里没钱了，李富贵也出面把单给买了。桃花村毕竟是山沟沟，在桃花村再富的人，到了外面，也是小巫了，什么狗屁也不是。奋玉一直对奈月说这个道理，但奋玉说了也白说，奈月不听。李富贵结婚了，奋玉以为这下子奈月再没有不听的理由，就托了人，说了个人家，是镇上的，开音像店，人本分厚道，长相也配得上奈月，虽然结过一次婚，老婆去年刚病死，不过奈月都这个年纪了，还有什么好挑剔的？

音像店的小老板很快就来了，到桃花村来相亲，这至少说明了人家的诚意。这么远的路，倒了两次车，走了半个小时的山路，小老板还是来了。见了面，小老板就有几分满意，从衣袋里掏出一盒磁带,说,这是F4的歌,《流星雨》,很流行的,很好听的。

奈月并不伸手接,而是眯着眼冷冷看着他,嘴角一直往两边撇去。你来干吗?她问。

小老板指指一旁的介绍人,说,是他介绍我来。

奈月说,你以为我长得跟天仙似的?

小老板说,没有。他们只是说你……说你……小老板瞥了奈月的屁股一眼,脸有些红了。我只有一个女儿,我还想生个儿子。

生儿子?奈月突然笑起,声音不大,却很尖厉,像刮刀划过玻璃。然后,她就再也不说话了,小老板问她,她不答,奋玉跟她说话,她也不理。小老板最后就悻悻站起,手在身上无措地搓着,他说,那我走了。奋玉肯定还有幻想,所以他很客气地把小老板送出去,送了很远,一路不停地说着话。

小老板的音像店开在尚干镇的东头,就在沙县小吃店的对面,每天都开着大喇叭,唱着同一首歌:陪你去看流星雨落在这地球上,让你的泪落在我肩膀。流星雨?流星雨是什么样子的?李富贵以前只是隐约听说流星雨这东西,却没有见过。流星雨是什么样子的?李富贵就是这么问奈月的,李富贵说,你什么时候跟人家一起去看流星啊?看了之后你可要告诉我流星雨是什么样子的。奈月的脸一下子沉下来了,眼睛看到别处。李富贵觉得自己有必要劝劝奈月,同学奈月已经这么大岁数了,居然还不出嫁,甚至不谈朋友,这一辈子,奈月真的要别扭到底了。李富贵说,奈月,三十岁已经到眼前了,你别再固执,你得嫁人。

嫁谁？奈月看着他，一字一顿地问，眼里闪出幽怨的光。

李富贵怔一下，又开始挠头。哎呀，音像店的那个小老板我看很不错，你要是嫁给他，以后我去尚干镇，也有个歇脚的地方，我就到你们店里去吃饭。奈月，到时你可得给我一碗饭吃，稀饭配咸菜也可以嘛。说着说着，李富贵觉得有趣，呵呵笑起。

奈月头低下去，又抬起来，迅速瞥了他一眼，转身走了。

李富贵再到镇上买东西时，就进了音像店。他说，我是桃花村的。小老板有点反应不过来，眼睛一眨一眨地盯着他。李富贵说，我是奈月的同学，桃花村的奈月，奈月她是我们村书记奋玉的女儿。小老板"噢"了一声，站起来。李富贵说，你为什么不再去追奈月呢？你是男人，男人皮厚，所以你得去追她。其实也不要说什么，只要你一直去一直去，用诚意打动她，她就动心了，就这么简单。我妻子古菜花就是这么被我追上的，女人都一样。小老板脸上的表情渐渐有些不好，他说，我追谁关你什么事呢？李富贵说，不关我什么事，不过你真的应该去追奈月，奈月这人很不错的，追她不会吃亏。小老板眼睛眉毛皱到一起，脸越来越黑。李富贵后退了一步，他想小老板可能要发火了。这时候小老板的脸却突然一松，然后点起一根烟，吸一口，悠悠吐出。他说，那好吧，你说说看，奈月有什么好？李富贵就拖过一张椅子坐下，把左腿架到右腿上，样子很惬意，他说，奈月以前书读得那才叫好。小老板打断他，小老板说，这个我知道。李富贵说，也有你不知道的，奈月曾经参加县奥林匹克竞赛，得了第一名。小老板吐一口烟，说，这个我也知道，我还知道她对你单相思。李富贵连忙摆手，嘴里哦哦哦的一时找不出话来。小老板黑黑的，有对厚嘴唇，李富贵第一眼见到他时，觉得他有些憨，事实上小老板不憨。小老板说，她再好又怎么样？好得过赵薇吗？好得过张曼玉吗？好不好没关系。年轻的女孩有，满街都是，可我娶不起，人家也看不上我，而她这个年纪还未婚，还有个大屁股，我就看中这个，这是最关键的，屁股大的女人能生儿子，我没有儿子，让她生一个。我本来也觉得挺合适，可是她不干，她不干，我追也没用。李富贵并不死心，李富贵说，你再试试，再试试。

小老板那天很肯定地对李富贵说不试了，再也不试，但过后，他还是请介绍人又去了桃花村。

雨下得很大，太大了，沟里的水来不及流走，溢到了路面，已经淹过脚面。李富贵蹚着水走进沙县小吃店，他要吃白丸子。店主后来给他煮了一碗粉面，热乎乎的，下了肚，李富贵脸色才回转过来。店老板说，这雨怎么下的，一整天也不停。富贵，这么大的雨你还跑出来干什么？李富贵抬头望望外面，什么都是朦胧不清的，包括对面的音像店。陪你去看流星雨落在这地球上，让你的泪落在我肩膀。只有歌声穿过雨帘传过来，不太流畅，被雨声截成一断一断的，听起来有点像抽泣。李富贵也曾跟古菜花说过，以后要带她出去的，不是看流星雨，是看大海，还看飞机。大海和飞机在山的外面，李富贵要和古菜花一起去看海，看飞机，可是古菜花走了。李富贵问店老板见过古菜花吗？店主摇头。李富贵又问他见过许木匠吗？店主还是摇头。

古菜花走一年了，为什么一年之后李富贵才出来寻找，这是桃花村的人怎么也想不明白的。店主也不明白，店主问：要找你早干吗不出来找？李富贵望着雨帘子，头轻轻晃了晃。一年三百六十五天，李富贵都在楼上的窗子前静静坐着，吸着烟。院子的门敞开着，楼下的门虚掩着，李富贵等待院子里有熟悉的身子出现，楼下的门吱呀一声响起，他等了一年。一年后，古菜花没有回来，李富贵就挑起担子，出来寻找。

好大的一场雨啊。

五

奋玉是动过把那些山都收回的念头的，早就动过了。桃花村这地方天高皇帝远的，一直没出过什么新闻，但在奋玉手上却出过，这个新闻就是李富贵。李富贵高考落榜，回来承包荒山。山立在那里已经不知道多少亿年了，一直都荒着，稀稀拉拉长着杂草，最多砍一些柴火回家来烧，谁也没觉得有什么用，可是李富贵却承包了。恰好国家有政策，鼓励种林育树消灭荒山，谁种谁有，李富贵就一口气包下了三百六十亩。这事惊动了县领导，书记县长等都很关心，县委也来了人报道，做了专访，赞扬李富贵同志是贫穷山区的有志青年，文章还登到报纸上。过了几年，树长高了，卖出一批，县里又把李富贵评为种林大户，戴起了红花。奋玉第一次要把山收回来是在李富贵结婚后不久，奋玉说，好处也不能一个人都得去，山是集体财产，是大家共有的，你也别承包了。那些树值多少钱？值不了多少钱，我们会赔一点钱给你的。李富贵没想到奋玉会这样，他拿出合同，他跟村里签了合同的，合同期五十年，甲方代表奋玉在上面是签了字的，还做过公证，怎么能说变就变了？

那时正是夏季，天热得不行，李富贵一次次大汗淋漓地往奋玉家跑。奋玉光着上身躺在竹床上，手中一把蒲扇慢吞吞地摇着，偶尔打打蚊子，啪，啪，啪，声音挺响的，是肉响，奋玉身上有很多过剩的肉。李富贵站到竹床前，把合同递过去。李富贵说，这是我们订的合同，白纸黑字，有法律保证，不是玩笑，你也不能开玩笑。奋玉不接，奋玉甚至不抬起眼皮看过去。啪，他拍一下大腿，啪，他又拍一下肚皮。奋玉说，合同村里也有一份，你拿合同来干什么？形势是不断发展的嘛，签合同时的情况，跟现在不一样了，现在村里需要那些个地，山地证还在村里嘛，地还是属于村里的嘛。

这时奈月手里捏着一件背心过来，奈月对李富贵笑笑，转过去对着奋玉时就不笑了，她说，爸，来客了，你把衣服穿上。奋玉慢悠悠坐起来，接过奈月的衣服，并不穿，只是横在肚皮上。奈月说，穿上吧，看你那一身肉，难看死了。

嫌人家肉难看，这是奈月让桃花村人笑破肚皮的一句话。桃花村只有李富贵每天穿戴得整整齐齐，再热的天也要裹着上衣和长裤，大家看着他都笑，说富贵啊，你怎么把自己弄得跟金枝玉叶似的。桃花村的其他男人可不这样，端午节一过，个个便脱光了上身，穿一条短裤衩家里家外走来走去，谁也没觉得奇怪，可是奈月却不接受，一看到男人赤着身子，总是一下子把脸别走，说，这么难看的肉！

奋玉毕竟是干部，出了门也从来不露肚皮，在家就无所谓了，在自己的家还不能脱脱衣服？摇着蒲扇，奋玉慢悠悠地说，富贵嘛，算什么客人？富贵差一点跟我们还是一家人哩。奈月脸腾地一下红了，掉头走开。李富贵刚开始没有反应过来，一想，也不自在了，他说，我已经结婚了，我的妻子是古菜花。奋玉嘿嘿嘿一笑，笑声是从鼻子中出来的，他说，我知道，我还能不知道你老婆叫古菜花，古家村的古菜花？李富贵纠正他，是妻子，我妻子古菜花。奋玉撇着嘴哧地吐口气，说，妻子？妻子不就是老婆？你跟我酸什么呀富贵？李富贵说，反正就是妻子，不是老婆。奋玉说，妻子就妻子吧。富贵啊富贵，你可真能耐啊，你娶得到古家村的姑娘做妻子，了不起啊富贵。

李富贵站在那里，脚有些虚浮了，不舒服，很不舒服。他听出来了，奋玉话的背后有话，奋玉想跟李富贵过不去了。桃花村谁也不能跟奋玉过不去，谁也不敢，即使是李富贵。李富贵有钱，会为村里请的客买单，会给村小学捐款，不过，没用，在奋玉面前仍然没用。李富贵笑起来，茫无目的地笑，心里有些沮丧，甚至还有些许恐惧。不就是因为奈月吗？李富贵没有娶奈月，李富贵娶了古菜花，这是没办法的事，就是再给他机会，李富贵还是选择古菜花，他不喜欢奈月，他喜欢古菜花。只有这事不能勉强。奋玉打个哈欠，重新躺下，动作姿态都充分表达出要睡上一觉的意思。李富贵就退出了，李富贵每次去见奋玉的结果，都是沮丧地退出。不过，最终奋玉并没有真把山林收回去。奋玉一点都不像仅打算吓吓李富贵，奋玉是来真的，最后却没有动真，这其中谁在起作用？当然是奈月。

谢谢你。再碰到奈月时，李富贵正儿八经地对她说。

奈月没当一回事，奈月刚下了课，从学校回来，李富贵的家是她每天必经之路。李富贵说，有空到我家坐坐吧，古菜花喜欢有客人来，古菜花喜欢热闹。奈月咬咬嘴唇，甩甩头发，浅笑了一下，然后身子一侧，从李富贵的旁边闪过，走了。

音像店小老板让介绍人再去桃花村找奋玉和奈月，重提婚事。奋玉很高兴，奋玉说可以可以。但奈月还是不可以。奈月说，你们再说这件事，我就搬到学校去住！奋玉当时手中正捏着一个茶杯，听奈月这么一说，慢慢将杯子送到嘴边，吱吱吱缓缓吸了一口茶，然后很突然地将茶杯一举，一摔。啪，地上都是玻璃碎片。屋里的人都愣住了，只有奈月不愣，奈月手里也有东西，是一沓刚洗好的碗，茶杯掷地的声音未落，奈月把碗也一举一摔，一阵更尖厉的音响就弥漫开了，空气都跟着颤动。奋玉真的拿奈月没办法，奋玉只拿奈月没办法。李富贵对奋玉说，我去劝劝奈月吧，我再劝一劝看。奋玉斜眼看着李富贵，嘴唇动了动，看那嘴形，奋玉大约是打算说两句难听的话，不过奋玉最终改变了主意，他点点头。大概也就剩李富贵可以劝奈月了，这是最后的可能。

李富贵对奈月说，你不能这么固执，音像店的小老板我接触过，我看他不错。

李富贵又说，你这样真的不好，把自己给耽误了。

李富贵还说，你看你，你真的不小了，这样下去我也挺过意不去的。

李富贵说话的时候，奈月一直盯着他，眼皮一眨都不眨。你去找小老板了？她问。

李富贵说，是，我找了。

你对他说我很好，要他再追我？

是，我说了。

你，你既然觉得我很好，为什么你自己不追我？

我结婚了，我有妻子古菜花了。

奈月不再盯着李富贵，她低下了头，很久，再抬起来时，脸上什么表情也没有。奈月说,你们别劝我了,劝也白劝。奈月背个黑皮包,手中提个纸袋,里头装着学生的作业本,所以纸袋有些沉。奈月把纸袋从左手换到右手,把皮包从右肩换到左肩,走几步,又停下来,转过头,瞥了李富贵一眼。李富贵看到泪光,泪光一闪。

好大的雨啊,现在李富贵坐在沙县小吃店里,看着外面白茫茫的雨帘,突然就想起了奈月的眼睛,泪光一闪的眼睛。眼泪与雨水是同一物质哩,李富贵原先忽略了这一点。李富贵忽略了很多东西。奈月瞥了他一眼,奈月走了。古菜花后来对李富贵说,我看到奈月了,奈月在哭。李富贵说,是吗?她干吗哭?古菜花说,问你哩,你跟她说什么了?李富贵晃了晃头,说什么了?我劝她嫁人,嫁给音像店的小老板。古菜花笑起来,扬手在他头上轻轻一拍,古菜花总是笑,整天嘴不合拢。你劝她干吗呀,你劝她她不更不嫁了吗?李富贵也拍古菜花的头,拍得更轻,李富贵也笑。古菜花知道奈月的事,但古菜花反应正常,没有嫉妒,偶尔还拿它开开玩笑,这就是古菜花的可爱了。古菜花说,人家也是一朵美丽的茉莉花哩,你这个傻瓜。

雨帘哗的一下被一把伞划开,进来一个人,是音像店的小老板。你好,小老板说,真的是你?留这么长的头发和胡子,差点认不出来了。

李富贵没有应他,看都不看他。李富贵站起,收拾担子。店主问,你去哪里?李富贵把担子提到肩上,一抬腿迈出大步,从小老板的旁边走过。他说,我去找,找我妻子古菜花。小老板揪住他的担子摇了摇,说,好,去找,去找。

下 部

一

　　李富贵重新回到尚干镇,是一年以后的事了。还是雨,好大的雨,李富贵在雨中,担子在肩上,他湿透了,雨把他弄得像一棵泡在水中的枯树。一年前他离开桃花村,到过镇上,然后又走了,去找妻子古菜花。一年,三百六十五天,可李富贵没有找到古菜花,古菜花找不到。

　　沙县小吃店不见客人,雨太大了,箭一般嗖嗖嗖往下戳,戳到脸上、身上,有刺痛的感觉,所以没有人肯出门,到店里吃扁肉拌面之类的。店主坐在墙角,跷着腿,头靠到墙上看电视。电视里正播足球比赛,一堆人高马大的家伙围着一只小皮球争来争去的,这么没劲的事,那些人玩得却挺拼命的,看台上喊声也跟打雷似的一阵比一阵响。李富贵一脚跨进来,肩膀一耸,一推,担子哗的一声就摔到地上了,他说给我弄一碗白丸子!店主一怔,扭过头看看,赛场的响声与担子的响声混到了一起,他一时没反应过来。给我弄一碗白丸子!李富贵又说,这回嗓门更大了,试图把电视音响盖下去似的。店主"噢"了一声,回过神了,站起,过来,说,富贵,哎呀富贵是你啊,你怎么样了?李富贵坐在那里,身板挺得很直,双掌撑开,整齐地按在桌上,散乱的长发一撮撮湿漉漉地垂下来,遮在脸上,古装电影里常见到这副模样,高深莫测的武林高手的模样,可你李富贵又是哪门子的高手啊?店主扑哧一声笑了,说,富贵,有一年不见了吧,你怎么样了?李富贵一拍桌子,大声说,我要一碗白丸子!店主扯了一条毛巾递给他,说,你看你,都跑了一年了,还跟去年一模一样。来,擦一擦,把脸擦一擦。李富贵不接,他不想擦。眼睛翻了翻,嘴唇动了动,他肯定想说什么,却突然整个人一软,头一栽,先是趴到桌上,然后又重重摔到地上,桌子椅子噼噼啪啪响成一片。

李富贵病了。李富贵住进了医院。是店主过街叫来音像店的小老板,一起把李富贵送进镇医院。发烧四十度,肺炎。店主真是吓得不轻,脸上都没了血色。李富贵李富贵死了!店主当时冒着雨冲进音像店时就是这么对小老板嚷的。小老板倒镇静,说,李富贵?死了?李富贵怎么就死了?店主说,你你你去看看。小老板去了,手在李富贵的手腕上按按,说,没事,活着,你去雇一部三轮车来吧。

医生发现李富贵的头发上都是虱子,眉头都皱了起来,医生说把胡子剃了,把头发剃了,太可怕了。

又黑又瘦的李富贵软绵绵地躺在病床上,他没有反对剃胡子和头发,但是剃刀接触到他皮肤时,一滴泪突然滚出眼眶,很粗大的泪,就一滴,然后就没了。护士吓了一跳,后退两步,眼睛和嘴巴都撑得很大,惊诧地看着李富贵,不敢再下手。店主叹了口气,说,没关系,剃吧,也该剃了,再不剃他就成北京猿人了。护士问,你是他哥哥?店主说不是。护士拿刀的手指向小老板,你是?小老板摇头说我也不是。护士说那你们是他什么人?店主看看小老板,小老板说,什么人都不是。店主说,他晕倒在我店里,我把他送来了。护士有点意外,看了他们一眼,说,咦,现在还真有活雷锋嘛。那他的医药费呢?谁付?店主想想,说,那当然是他了,他反正有钱,你们别担心,他有钱,他承包了一座山，山上都是树，他有钱。护士说，钱得马上缴，要住院得先缴钱，谁缴？店主看看小老板，小老板没有反应，脸上木木的，店主又叹口气说，那只好我替他先缴了吧。

桃花村没有人相信李富贵能找到古菜花，古菜花走了，跟许木匠走了。为什么古菜花要跟许木匠走呢？村里很多人饶有兴趣地想，又饶有兴趣地交头接耳，最终也没有把这个问题弄清楚。许木匠每天在院子里干活，锯呀，刨哇，钉啊，许木匠是来干活的，他甚至话都很少讲。除了干活，他就是抽烟，蹲在地上，抱着臂，望着天，一口接一口地抽烟。桃花村平时几乎没有外人来，谁愿意到桃花村这地方啊？所以，许木匠在桃花村是新奇的，每天都有三三两两的人到李富贵家，站一旁看许木匠。许木匠其实一点都不好看，瘦得跟木桩似的，全身剥不下几两肉，那个腰，简直吓人，轻轻一掌就可以劈断它。就是五官，也挤挤挨挨地堆到一起，跟李富贵至少是没什么比的，这样的人，古菜花凭什么要跟他走？真是见了鬼了。你是哪里人啊？有人问。许木匠笑笑，没有答。你今年多大了？许木匠再笑笑，没有答。你成亲了吗？许木匠还是笑笑，没有答。后来把这一切联系起来想，大家一拍大腿，许木匠原来是早已经打定主意要把古菜花带走的。许木匠不说自己是哪里人，便没有人知道他是哪里人了。不过他的口音呢？口音应该是长乐那一带的吧？比如他把"我"说得既不像"尾"，也不像"魏"，大概介于这两者之间，汉语拼音中根本没有类似的发音，古怪得很，全中国肯定只有长乐这么说。

几年前长乐还是一个县，后来省城的国际机场建在这里，它也就成了市，县级市。一年前，李富贵挑着担子，他到长乐找古菜花。长乐有飞机，有海，李富贵就来了，他直接去漳港镇，国际机场就建在那里，每天几十班飞机起起落落，而机场旁边就是大海，海的那边是台湾。看飞机和大海不是古菜花的主意，是李富贵提出来的，李富贵自己对古菜花说要带她去看。古菜花当时听了咯咯咯笑起，这并不表明她特别高兴，特别向往，古菜花爱笑，动不动就咯咯咯地笑，古菜花就是这样，五脏六腑好像都被蜜泡过。李富贵从这个村走到那个村，又从那个村找到这个村，除了漳港，他还到长乐的其他乡镇。一年，三百六十五天，他把整个长乐走遍了，接着又到其他县其他村，可是没有古菜花。

古菜花是自己愿意跟许木匠走的，还是被逼或被骗？这个问题是沙县小吃店的店主提出来的。李富贵是店主同音像店小老板一起送进医院的，住院的钱又是店主先垫的，店主就觉得自己跟李富贵的关系很近了，有资格往深处问一问。可是李富贵却不认为跟店主的关系与以前有什么不同，所以他把脸转开，不理，不答。这是个奇怪的地方，李富贵躺在病床上想，他从来没有躺在这么奇怪的地方，到处白花花的，连女人的脸都特别白，那些护士的脸。他已经一年没有在床上躺过了，这个村到那个村，随便找个空地，把担子一放，把身子一蜷，睡到天亮。早晨醒来的时候，睁开眼，他都希望看到古菜花，古菜花就站在面前，笑眯眯地看着他，张口唱道：好一朵美丽的茉莉花。

家里买了VCD机，可以唱卡拉OK的，桃花村只有李富贵买了，连奋玉家都没有，李富贵专门给古菜花买的。好一朵美丽的茉莉花，古菜花这一首歌唱得最好，真好听啊，清泉一样流出来。奈月每天去学校，经过李富贵家时，听到了古菜花的歌。有一次奈月也对李富贵说，古菜花的声音简直跟歌星一样。

富贵，你一定要跟古菜花结婚？这话也是奈月说的。奈月拿到李富贵的大红请帖，上面写着谨定于某月某日农历多少，李富贵与古菜花举行婚礼，敬请光临云云。除了请里亲外戚，李富贵就只请奈月了，奈月是他的同学。在桃花村，李富贵还有很多同学，都是小学或者初中的，到了高中，只剩下奈月了。奈月去找李富贵，正午，她出了家门，穿过一条小巷，走过一条小路，太阳就在头顶，影子就在脚下，影子非常小，差不多只有巴掌那么大了，缩在脚趾与脚后跟间晃动。她去找李富贵。

李富贵正握一把铲子在院子里收拾地上的碎砖瓦，动作频率很快，幅度很大，铲子划过地面，吱地响一声，又吱地响一声，听得人牙齿都浮起来了。一层高的房子已经建好，新抹上的白灰还没干，弥漫着一股奇怪的腥味，而红对联已经忙不迭地贴上了。花好月圆，百年好合。是李富贵自己写的，墨迹跟白灰一样，也是湿漉漉的，有阳光落在上面，星星点点的。你要结婚？奈月问。

是啊是啊！李富贵笑眯眯地停住手，铲子拄到下巴，脸上都是汗，汗一粒粒往下滚，他抬起胳膊一抹，还是笑眯眯的。

你真要结婚？

是啊是啊！

你一定要结婚？

是啊是啊！

富贵，你一定要跟古菜花结婚？

是啊是啊！

太阳明晃晃的，刺得人几乎睁不开眼。奈月举起手挡在额头上，喉咙咕噜咕噜响。李富贵说，奈月你可得来参加婚礼，给我凑凑热闹嘛，以后你结婚我也一定去。奈月慢慢转了身，走几步又回头来说，富贵，你会中暑的，以后再收拾吧。李富贵说，不会，中什么暑。奈月你一定来啊！

　　李富贵结婚那天奈月没有来，谁都知道奈月没来，李富贵不知道，李富贵忙着拜堂、敬酒、分烟，动不动就大笑，嘴一直没合拢过，样子有点魂不守舍。他没有到人堆中找奈月，他真的把奈月忘了，一点都不记得。奈月没有参加婚礼，但寄了礼，用红纸包了五百元钱。桃花村人的礼金一般七十元，不会超过一百元，可是奈月包了五百元。李富贵后来问奈月干吗包那么大的一个礼呀？何必给那么多钱。奈月说，跟钱无关。

二

　　跟钱有关的是现在，在医院。沙县小吃店的店主代缴了两千元，很快就花完了，护士又催着再缴，脸色已经开始难看。店主问李富贵，你身上有钱吗？李富贵摇头。从桃花村出来时，他带了钱，带了五千元钱，用这钱，他走遍长乐，又走遍附近的八个县，走了一年，钱花光了，一分都没有了，他回到尚干镇。还是雨，好大雨，跟那天走的时候一模一样，雨嗖嗖嗖地打在身上有刺痛感。走了一年，李富贵又回来了，没有找到古菜花。

　　白天许木匠在院子里干活，天黑下来后，围着一张桌子吃饭，李富贵有说有笑，古菜花有说有笑，许木匠偶尔也插进来说说笑笑，然后，许木匠就留在楼下，那里有一间房子是给他住的，李富贵和古菜花上了楼，看看电视唱唱歌，再然后，就到了床上。古菜花的皮肤很好，古菜花的身子很好，古菜花什么都很好，可是她却突然走了，一声招呼都不打。山上有那么多的树，李富贵走在桃花村的每一处本来就已经眉飞色舞，再把古家村的古菜花娶来，李富贵迈出的步子更像安了弹簧一样蹦蹦跳跳。可是，古菜花走了，古菜花跟着许木匠一走，什么都变了，谁还羡慕李富贵呢？没有人了，连奋玉都说，富贵呀富贵，跟你说嘛不要不知天高地厚，我们桃花村的人怎么娶得了古家村的女孩子？你看你看，结果是这样，早该想到了嘛不是？奋玉还说，这次你得吸取教训了，一个人怎么可能总是那么得意的？天底下哪有那么便宜的事。栽跟头了吧不是，富贵？

　　李富贵就很少出门，古菜花走了之后，李富贵几乎都把自己关在楼上，坐在窗前，一根接一根抽着烟。院子门开着，楼下的门虚掩着。只有奈月来看他，奈月每天早上去学校时，手里多提了一个袋，袋里装着饭和菜，她在家里做的。中午从学校回家时，手里又多提了一个袋，袋里装的还是饭和菜，她在学校门口的小食店里买的。到了晚上，奈月再从家里做了饭和菜，提到李富贵家。吃吧。奈月说。李富贵接过碗，接过筷子，一口口飞快地吞咽，眨眼饭菜都下了肚。然后，他把碗筷往桌上一扔，又坐到窗前。奈月说，富贵，你这样不行。李富贵一动不动。奈月说，你这样会把自己弄成人不人鬼不鬼的。李富贵还是一动不动。

　　李富贵在长乐，坐在国际机场候机厅时，保安过来赶他。李富贵不走，保安脸色很难看，提起他的担子，拉着他的胳膊往外扯。李富贵把保安的手推掉，抢过自己的担子，他不要别人拉，不让坐就不坐，自己可以走。到处都是玻璃，厚厚的玻璃，手在上面推了推，比铁板还结实。李富贵大步走到玻璃前，玻璃门自动往两边打开。他走出去，站在外面，沉着脸盯着里头走来走去的保安，保安也斜着眼盯他。大海和飞机，李富贵对古菜花说要带她来看，其实他自己以前也没看见过。终于他来了，可是古菜花没有来，没有了古菜花，飞机又怎么样？大海又怎么样？李富贵只是累了，候机厅上放着绿色的圆形椅子，像鼓一样搁那里，他坐下来，歇一歇，可是保安不让，连坐一坐人家都不让。几个旅客拖着行李箱从旁边走过，都扭过头来看，其中一个嘀咕道：怎么人不人鬼不鬼的？

这就是奈月所说的，奈月把李富贵说中了。人不人鬼不鬼的，李富贵突然鼻子一酸，他离开了机场。

奈月来了，站在病房的门口。是音像店小老板通知奈月的，小老板叫奈月把钱拿来。李富贵不知道这事，没钱了，李富贵不管。他躺在那里闭着眼，抿着嘴，没有睡着，也没想什么，脑子是空的，就像是躺在水上，任意地漂。这时他听到护士在问：你找谁？有人答：李富贵。名字很熟悉，李富贵片刻才想起这是自己的名字；声音很熟悉，一个女人的声音。李富贵于是睁开眼，看到了奈月。病房里排着三张床，床上的人都穿着相同的蓝白条纹衣服，奈月认不出李富贵了。护士指了指最靠墙的那张床说，在那儿。

奈月走过来，走得很慢，步子迈得细细的，跨一步好像还停顿一下。然后，她站到病床边，头微颔着，看着李富贵。病了？她说。

李富贵嘴角动了动。

奈月把床单往里推推，坐下来，探过身子，手按到李富贵的额头上。烧退了？她说。

李富贵嘴角又动了动。

奈月扳直了身子，歪着头，轻轻笑起来。头发剃了？她说。

李富贵举起手在头上摸摸。

奈月又笑笑。胡子也剃了？她说。

李富贵的手从头顶上滑下来，到腮帮和下巴上摸着。腮帮和下巴都只剩下骨头和一层焦黄的皮了，这不是先前的李富贵。读高中时的李富贵是校田径队的队员，四百米和八百米的纪录一直到五年前才被人破了；然后，承包下三百六十亩荒山的李富贵，脸圆圆的，红扑扑的，整天泛着光。就是因为古菜花，李富贵不是以前的李富贵了。

奈月早就劝李富贵剃头发和胡子了，那么密的头发，那么多的胡子，杂草似的集中在脖子以上的小小面积里，难受是肯定的，奈月肯定李富贵会难受，所以，她劝李富贵把头发剃了，把胡子剃了。李富贵头拨浪鼓似的晃动。李富贵不剃，甚至不洗，奈月去打来热水，李富贵一扬手，整盆水哗的一下都倒在地上。这个动作当然再明白不过了，奈月把脸盆收拾起，把地擦干净，不再说什么。没想到再见到李富贵时，他躺在病床上，头光秃秃的，脸光秃秃的。

奈月把挂在肩上的两个包放在病床上，从包里掏出钱包，她说，我先去缴钱。不等李富贵有什么反应，奈月就转身走了。奈月穿着一条黑色的中裤，这种式样的裤子古菜花两年前就有了，古菜花让李富贵在镇里买了布，把裁缝叫到家里，要做中裤。桃花村的裁缝那时还不知道什么叫中裤，古菜花在纸上画出了式样，画得有模有样，一边画一边指指点点。裁缝挺奇怪的，裁缝说布明明够，为什么要弄得这么短？后来古菜花把中裤穿出去，桃花村的人也都这么说。没想到，现在连奈月也穿了。奈月其实不适合穿，很不适合。奈月上身不大，小腿不大，就是屁股大，那么多的肉都装在短短一截的中裤里，鼓鼓囊囊的，使她看上去像一个巨型橄榄。穿着中裤的奈月去缴了钱，然后留在医院，不走了。护士问你是他家属？奈月点点头，说是。护士埋怨道，怎么才来啊，这么久才来。奈月笑笑，说，对不起。病人家属晚上可以跟病人睡同一张床，头的朝向不同罢了，奈月没有这么做，她去租了一架小折叠床，晚上摆在过道上，第二天一大早又收起。折叠床显然已经用久了，老化的弹簧被压得吱吱呀呀响，几乎整夜整夜响个不停。

    李富贵在机场那边曾给奈月打过电话，桃花村除了李富贵之外，只有那几个村干部家里装了电话。电话通了，接起来的是奋玉。喂，喂，奋玉粗着嗓子喊两声。李富贵一下子就把话筒放下了。后来，身上仅剩下十元钱了，李富贵又拨通了电话，这次接起来的是奈月。喂，喂，喂。奈月喂得一句比一句急促，奈月甚至问道：你是富贵吗？喂？李富贵没有吭声，慢慢又把话筒放下了。

    不知道为什么要打这个电话，李富贵自己也不知道，一闪而过的念头罢了。

    那天，雨箭一般直戳地上的日子，李富贵从楼上的窗子前站起来，古菜花走后李富贵在楼上，在窗前坐了一年，然后他站起来，到了楼下，拿出担子。就是这个时候奈月提着饭菜进了门。奈月问你要去哪里？李富贵继续着，没有停下来。奈月怔怔地看着他，突然明白了。你——奈月叫了一声，接下去则是杂乱的砰砰声，那些饭那些菜从奈月的手中子弹一样迅速飞出去，准确落到李富贵身上。荔枝肉、炒青椒、白米饭，李富贵的衣服上顿时色彩云集。你——奈月又喊了一声，但这一声已经没有刚才的力度，几乎是微弱的，喊过之后，奈月靠到门上，无措地看着李富贵。李富贵仍然继续着，衣服、被褥，简简单单的几样，用塑料布一裹，塞到担子里，接着把担子提到肩上。

奈月被什么东西咬一下似的，跳起来，扑过去，抓住担子。不行，不能这么走了，要走，你也得等等，你一定等着，我出去一下，我回来，你再走，再去找你的妻子古菜花。奈月说，奈月的声音又一下子大起来，非常大，比外面的雨声还大。李富贵站在那里，有了服从的意思。奈月上了楼，很快又下来，冲出门去。好大的雨啊，一年中雨下得最大的日子，奈月没有拿伞，她在雨中跑，硕大的屁股晃来晃去，渐渐就模糊了，看不见了。过一会儿，她回来了，手里捏着一个塑料袋。这是钱，奈月说，五千块钱，你拿着，路上花。奈月把钱塞进担子，然后拿过斗笠和雨衣要往李富贵身上披。李富贵用手一挡，重新提起担子，然后拉开门，腿一抬就闪电般跨了出去。

三

见到古菜花吗？我的妻子古菜花？一年，三百六十五天，李富贵每一天都反复说着这句话。没有人能够回答，摇头，还是摇头。从口音上判断许木匠是长乐人，可是长乐真大呀，仅陆地面积就有六百五十八平方公里，李富贵走了一个村子，又走了一个村子，李富贵走过了每一个村子，没有古菜花。许木匠口音是长乐的，不等于他一定住在长乐，他的家也许在其他县，其他镇，其他村。李富贵又走了，一路走一路问：见到古菜花吗？我的妻子古菜花？

毕竟有热心人，他们说，古菜花？没听说过。有她的照片吗？

这下子轮到李富贵摇头了。古菜花有照片，照片在家里，李富贵没想到应该把它带出来。结婚之前，古菜花要李富贵一起去镇上拍婚纱照。化妆，涂浓浓的油彩，店里有各式各样的华丽衣服，甚至有和服。李富贵不肯穿和服，李富贵说日本人欠我们血债，中国人结婚干吗要穿他们的衣服？除了和服，李富贵就不挑剔了，古菜花看中什么，他就穿什么。每一款服装都是配对的，穿起来，摆一种姿势拍一张，再换一套礼服，摆另一种姿势拍一张。灯光非常奇怪，灯上罩着一把小伞，热烘烘地散发着感人的温暖。李富贵望望镜子中的自己，又望望花枝招展的古菜花，有一种难以置信的感觉。照片出来后，更难以置信，两人都跟明星似的。古菜花很高兴，墙上挂起，桌上放着，床头摆着，到处都是照片。这种照片中的古菜花跟真实的古菜花不一样，不过古菜花还有很多其他照片，李富贵拍的。李富贵是桃花村第一个买照相机的人，几百块钱的傻瓜机。古菜花在门前，在田边，在河旁，在山上，照片一张又一张，可是李富贵没有带出来。

李富贵也给奈月拍过照。李富贵把镜头对过来时，奈月立即伸出手去挡。拍一张拍一张！李富贵不让奈月走，还把她的手往下按。刚好胶卷还剩几张，奈月，拍一张。来，站好，拍一张。奈月突然就不再推辞了，她甩甩头，把马尾发从背后甩到前面，垂到胸上，然后一只脚提起来，踏在台阶上，一只手叉在腰间，微微侧过头看着李富贵，笑得很陶醉。照片冲洗出来后，效果很好，但奈月却不要，奈月接过照片看了看，说，我不要，照片给我没用。李富贵说，拍得这么好，你干吗不要？奈月说，拍得再好又怎么样？真的没用，我不要。如果古菜花不介意的话，你就留着吧。李富贵说，我留着干什么？奈月抿抿嘴唇，说，你留着！

李富贵结婚后奈月再也没去他家，后来古菜花走了，李富贵坐在楼上的窗子前，哪儿也不去，奈月要送饭送菜，她又去了李富贵家。李富贵家跟以前不一样了，锅是锅，碗是碗，古菜花肯定是个很会过日子的女人。奈月注意看墙上，看桌上，看床头，到处都是照片，李富贵与古菜花的照片，两人搂在一起笑得让人眼花缭乱。后来奈月也找到自己的那张照片，没有摆出来，而是在抽屉里，跟那些底片堆在一起。奈月把照片拿起来看了看，又搁下了，关上抽屉。

沙县小吃店不难找到，奈月走进店里，先递给店主两千元钱，说，这是你替富贵代缴的医药费。然后，奈月又递过一千元，奈月说，大哥，这是谢谢你的，谢谢你帮了富贵。

走出沙县小吃店时，奈月往对面的音像店瞥了一眼。陪你去看流星雨落在这地球上，让你的泪落在我肩膀，要你相信我的爱只肯为你勇敢，你会看见幸福的所在。F4还在唱着，声音甜腻腻的。四个男人都一起陪女人去看流星雨吗？还是四个同腔同调的男人互相陪着去看？很奇怪的歌。奈月仅仅瞥一眼，没有停下来。小老板从柜台内往外探了探头，看到奈月稀疏摆动的马尾发和晃来晃去的硕大屁股。

奈月坐在病床上对李富贵说，店主的钱还了。李富贵点点头。奈月说，还给了他一千元表示感谢。李富贵又点点头。奈月说，音像店的小老板我想算了，就不感谢了。李富贵看着奈月，奈月笑了笑。钱都是李富贵的，那些存折，古菜花没有带走的存折，现在都在奈月手中。是奈月向李富贵讨的，奈月说，你把存折给我。李富贵就给了她。奈月说你把密码告诉我。李富贵就在一张纸上写下六个数字。

古菜花走了，跟着许木匠走了，李富贵就一天天坐到楼上的窗前，再也不去山上，再也不管树。新种下的树枯了，长大的树被人砍了，所以，奋玉又动了把李富贵承包的山地收回的念头。如果乙方管理不善，造成山林不同程度流失，甲方有权收回林地。这是合同中的一款，奋玉说，李富贵现在不仅是管理不善，他根本就不管理了，树放在那里今天被人砍一棵明天被人砍一棵，村里当然要把山收回来，不收回来怎行？奈月就对李富贵说你把存折给我，把密码告诉我。奈月去信用社取出一些钱，在山上搭起草棚，然后雇了几个人，让他们住在草棚里，把树管起来。

奋玉说，奈月你要把我的老脸撕碎啊！你自己不要脸了，害得我脸也没地方搁！整个桃花村的人都笑掉牙齿了啊，你知道不知道？

奈月说，我知道。

奋玉一抬脚把旁边的小凳子踢飞，他说，知道你还给他送饭给他当老妈子给他管家管山管树，你是我奋玉的女儿啊，你知道不知道？

奈月说，我知道。

奋玉很快就托人给奈月找了个工作，在省城一家大商场做收银员，一个月工资七百元，还包吃住。但奈月不去，奋玉声音或高或低或强或软地说了又说，说得眼珠子都往外鼓了，可是奈月低着头，不回答，不理睬，她就是不去。奋玉就去找来很多人，七姑八姨什么的一个接一个地来劝，最终也没劝动。奈月说，我哪儿也不去，我活着在桃花村走路，死了埋进桃花村土里，哪儿也别想让我去。

奋玉在那天清晨召集了十七八个人到了山上。县里拨了一笔款，给桃花村修条水泥路，全县只剩桃花村没有水泥路了。但路太长了，钱太少了，再向县里要，县里不给了，叫奋玉自己想办法。奋玉想来想去，想到了李富贵的树。李富贵走了，去找古菜花了，李富贵不要树只要古菜花，那么为什么不把树砍了，卖了，钱用来修路呢？奋玉就叫了十七八个人，拿着斧头锯子上了山。

没想到，山上站着奈月。

奈月袖子挽得高高的，手里也有一把斧头，奈月说，谁敢砍？谁要是敢砍树，我就先把胳膊砍下，喏，这一条胳膊。奈月用斧头指指自己的手。都愣住了，包括奋玉。但奋玉很快就回过神来，奋玉说，你要砍？好，砍吧，你人是我生的，胳膊也是我给的，要砍你就砍吧。奈月笑笑，说，你敢砍树，我就敢砍你给的这条胳膊，然后，我用另一只胳膊写揭发你的材料。县里给的救济款每年是多少？发到下面的又是多少？修路的钱明明拨够，为什么又少了？还有，我们家的冰箱、电视机、录像机都是用什么钱买的？

你你你！奋玉手举起，巴掌张得大大的，要冲过来扇奈月的脸，旁边的人连忙将他拦住。你疯了，奋玉身子都抖起来了，你疯了，你你你疯了！疯了！你疯了！

奈月说，我是疯了，所以你最好别砍树。

奋玉真的没砍树，而是扭过头气鼓鼓地走了。这件事桃花村的人很快都知道了，嗡嗡嗡地说着，比看戏还兴奋。只有李富贵不知道，李富贵那时还在路上，不断问道：见到古菜花吗？我的妻子古菜花？摇头，没有人知道古菜花，而李富贵口袋里的钱只剩下几块钱了。那天他经过一家食杂店，看到公用电话的牌子，突然想打打电话。电话拨通了，奈月在那边说，喂，喂，喂，是富贵吗？喂？可是李富贵又把电话放下了。

奈月舀起一勺绿豆汤，吹吹，送进李富贵嘴里。奈月问，那天，是你打电话来的吧？李富贵靠在病床上，背上垫着高高的枕头，慢慢地嚼着绿豆。奈月说，是你打的，你一定打了，电话都打通了为什么又不说话了呢？李富贵把一口绿豆咽下，奈月的勺子又伸过来了，他又张开了嘴。电话通了为什么不说话呢？他想不起来，路上的很多事现在都想不起来了。见到古菜花了吗？我的妻子古菜花？他问了又问，人家向他要照片，他没有，人家问你妻子古菜花长得什么样子？李富贵愣住了，古菜花长得什么样子？突然之间他说不出来，他想不起来了，真奇怪，他抱着头使劲想，想得两眼都冒金星，可是他想不起来了。

好大的雨，李富贵在雨中回到了尚干镇，走进了沙县小吃店。他想不起来古菜花的模样了，可是他记得古菜花做的白丸子，很好吃的白丸子，像古菜花一样又白又嫩的白丸子。他说，给我弄一碗白丸子！店主没有立即去弄，店主扯过一条毛巾递过来，让他擦擦，李富贵想说我不擦，我要一碗白丸子，古菜花一样又白又嫩的白丸子。可是突然间嘴唇变得很重，他张不开了，眼也黑了，他看不见了。他摔到桌上，摔到地上，店主和对面音像店的小老板把他送进了医院。他在医院里一连住了十几天。

四

奈月办好了出院手续，同李富贵一起往外走。李富贵脸又圆了，又红润了，又像以前的李富贵了。而且，李富贵还穿了新衣，从短裤到外衣都是新的，奈月不但帮他买了衣服，还买了把电动剃须刀，开关一推，吱吱吱响，眨眼间就可以把下巴和腮帮剃得光溜溜的。

经过沙县小吃店时，奈月说，我们进去吧，跟店主说一声。李富贵没有反对。

店里客人很多，热气弥漫着，招呼声起伏着。看见奈月和李富贵，店主满脸是笑地跑过来，店主说，来，你们坐，要吃什么？奈月说，不吃了，我们已经吃过了，现在要回家了，再见了，大哥，富贵多亏了你的帮忙。店主说，哪里哪里，你还给了我一千块钱，这钱……奈月摆摆手，说，钱就不要再提了，富贵是真心感谢你的，以后请你去桃花村我们家坐坐。店主说，你们家？奈月笑起来，脸有些红了。

出了沙县小吃店，就见到音像店小老板，他正站在自己店门口，望着这边。陪你去看流星雨落在这地球上，让你的泪落在我肩膀。歌声非常响亮，撩拨人心。奈月说，我们也去跟他说一声吧。李富贵也没反对。走到小老板跟前，奈月说，谢谢你帮着把富贵送进医院。小老板和颜悦色地打量着奈月，又打量着李富贵。奈月说，谢谢你，我们走了，回家了，再见。说完，奈月很自然地伸出手，挽住李富贵的胳膊。

汽车很挤，长途车每天只有一班，所以总是很挤，李富贵和奈月读高中时，它就挤，现在还是挤。读高中时，每次回家，李富贵都不去抢座位，学生会副主席，在学校里带头学雷锋，到了校外抢座位被老师同学看到了算怎么一回事。李富贵不抢，奈月要抢，奈月每次都抢先挤上车，自己坐一位子，再用包把旁边的位子也占下。

现在也是这样，奈月先挤上车，占了位子，自己的和李富贵的。已经有十几年李富贵没有同奈月一起坐车，高中毕业后就没有了，眨眼间十几年就过去了。李富贵望着窗外，除了多出一些楼房与商店外，景色还是十几年前的。十几年前，还没有古菜花，李富贵和奈月都只有十几岁，然后，古菜花来了，又走了。李富贵抽抽鼻子重重吸几口，他闻到了十几年前的气味。十几年前学生会副主席李富贵坐在奈月为他抢下的座位上，说起学校里的事，喋喋不休地说。他那时怎么会有那么多的话呢？李富贵扭过头来看看，旁边坐的仍然是奈月。奈月比以前胖了，屁股比前大了，头发比以前稀疏了，但仍然是奈月。李富贵说，奈月，我现在想说话。

你？奈月惊声叫起，马上又用手捂住嘴，眼瞪着李富贵，好像不相信。你说话了？富贵你说话了？

李富贵说，我现在要跟你说话。

李富贵跟奈月说起了树。他在国际机场旁的沙滩上看到密密麻麻的木麻黄，有好几十亩吧，把机场靠海的一面都围了起来，这种树防风固沙最好，远远望去跟李富贵种在山上的马尾松有些相像。李富贵的山上还有桉树，桉树纸厂需要；还有泡桐，泡桐一年一根杆，五年能锯板，制胶合板最好，木材厂需要；还有杉树，还有樟树，还有栲树，还有，还有……李富贵说，我的树真多啊！李富贵又说，奈月，我的那些树都在吗？奈月说，在。李富贵说，我要看看我的树。奈月说，去看吧。

李富贵回到家后，转身就去了山上。奈月没有同他一起去，奈月留在他家里，先是屋里屋外清洗，然后上街买了鱼肉青菜。李富贵家的烟囱又开始吐烟了，很快香气又溢出来。奈月把一碗碗菜摆到桌上，又摆好了筷子。天黑下来了，李富贵才回来，跟在李富贵后面进来的是奋玉。李富贵不知道奋玉跟在后面，他进了门，闻到香味，正要说话，奋玉先开口了，奋玉说，呀嚆，过起小日子了嘛。奈月叫了声爸。奋玉没有理她，径自走到桌前，拿起筷子，夹起一块肉送进嘴，说，好吃，好味道。

李富贵搬过一张椅子，说，请坐。奋玉又夹起一块鱼到嘴边，眼乜斜着。富贵，你想明媒正娶我们家奈月了？说完这句，奋玉才一张嘴，咬下鱼，夸张地嚼着。

娶奈月？李富贵慌乱地看看奈月，又看看奋玉。李富贵说，我没有想过。

奋玉把筷子往桌上一摔，吼起来：没想过？你没想过怎么把她玩了一年又一年？

李富贵说，我没玩她呀。

奋玉说，你这种人最可恨了，明明玩了，还不承认！奈月，你听清楚了，他说他没想过娶你，他也没玩过你。你给我听明白了，现在我告诉你，就是李富贵想娶你，我也不同意，现在跟以前不一样,他结过婚了,娶过古菜花了,他不能再娶你!

奈月说,我问过了,他这样的情况可以再娶。

你问个屁!奋玉眼珠子又鼓出来,你就是自己骚着想跟李富贵,他是什么东西啊?像他这样口袋里有两片钱的人,外面多了,比山上的树叶还多无数倍!

奈月说,别人钱再多关我什么事?

奋玉说,他也不关你的事!你跟我走,回家去!

奈月说,我不回了,我就在这里。

你敢?奋玉跳起来。你做鸡啊?你真的这么不要脸啊?你好歹还是黄花闺女,还是我奋玉的女儿。你要是不回去,我们就断绝关系,你再也别想跨进我的家门一步!

奈月说,那就断吧,就不跨吧。

屋里只剩下呼呼呼的喘气声,奋玉说不出话来,一口口吹着气。突然,奋玉一挥手把桌上所有的东西扫到地上,又将整张桌子举起来,向奈月砸来。奈月头梗着,站着不动,是李富贵伸手一拉,把奈月拉开,桌子砰地落下,落到奈月脚边。

奋玉走了,奈月没有走,奈月真的没有走。地上到处都是碎碗碎木头还有七零八落的鱼肉,奈月拿着扫把和抹布,慢慢地扫着,擦着。李富贵家静静的,奈月动一下,声音才响一下,奈月一停下手,声音也消失了。

李富贵上了楼,楼上的墙上、桌上、床头都是古菜花在笑。李富贵站到墙上那张比真人还大的照片前,看着笑眯眯的古菜花。我的妻子古菜花?李富贵伸出食指在照片上轻轻划动,布纹面的照片有着隐秘的凹凸,手指微麻。我的妻子古菜花?李富贵觉得照片中那女人的眼睛鼻子嘴唇都是他陌生的，甚至旁边那个也化了浓妆、手很亲密地搂着女人肩膀的男人，他也不认识了。他在长乐街头时，看到前面走的一个女人很像古菜花，腰肢像，发型像，走路的样子像。大跑几步追上去，他叫道：古菜花！那个女人回过头来，不是古菜花。后来，类似的事发生过很多次，从这个村到那个村，李富贵发现越来越多的女人像古菜花，古菜花淹没在满街的女人中，他找不到了。

李富贵下了楼，走到一半又停住了，他看到奈月正坐在楼梯上，双臂抱着，支在双膝上，身子往前倾，蜷成一团。奈月。李富贵叫了一声。奈月坐着不动。奈月，李富贵又叫了一声。奈月站起来，只是站着，头没有回过来。李富贵看到奈月背影，头发梳得高高的，十几年了没有改变过的发型。再往下，是不大的身子，马尾发稀疏垂着，直垂到腰上；再往下，黑色的中裤鼓鼓囊囊的，肉质感很强。音像店的小老板说，这种屁股的女人能生儿子。李富贵没有儿子，李富贵跟古菜花结婚这么久，可是古菜花从来没有怀孕过，为什么没有怀孕呢？以前李富贵都没想过，好像还不及想，古菜花就走了，跟着许木匠走了。儿子，我为什么不能有个儿子呢？李富贵想。他迈出腿，一步一步走下楼梯，站到奈月身后。奈月。他叫道。奈月。他又叫一声，伸手在她屁股上摸了一下。就是这一下，李富贵突然一激灵，手掌顿时热辣辣地滚烫，不仅手掌，整个身体很快也热辣辣地烧起来。已经两年了，古菜花走后就消失的感觉一下子都回来了，那种作为男人的感觉。弯下腰，李富贵猛地把奈月抱起来，疾速往楼上走去。奈月闭着眼睛，眼泪哗哗哗地往外流，流到李富贵的胸前和手上。

五

一个沸腾的夜晚。但这一夜过后,奈月却改变了主意。

李富贵直接把奈月抱到了床上,李富贵说,我要娶你。

真娶吗?

真娶!

娶了做妻子?

是,我的妻子奈月。

说话算数?

算数!

灯被拉灭了。奈月含苞了十几年,在这一夜猛然璀璨开放。直到黎明,李富贵睡去了,奈月也睡去了。但奈月很快又醒了,扭过头,她看到赤裸的李富贵。李富贵身上什么都没有,就那么摊手摊脚地朝天仰着。

奈月起床,穿戴好。山村的早晨,窗外已经有阳光,还有鸟在鸣叫。李富贵睁开眼时,奈月正坐在床前,手托着下巴,像看一件令她惊诧的什么物品似的看着他,看得很认真。奈月!李富贵叫一声,伸手就要把她搂过来。奈月身子往旁一歪,很轻微的动作,几乎难以觉察,李富贵还是一惊。不在于多轻微,而在于她做了,奈月做了。奈月!李富贵叫道。

为什么你的肉也这么难看呢?奈月轻声说,像是自言自语。

肉难看?李富贵坐起来,低头看着自己。奈月,你说我肉难看?

奈月好像没听清他的话,奈月说,为什么也这么难看呢?真奇怪,这么难看,你的肉也这么难看。

奈月！李富贵双手扳住奈月的肩摇晃两下。

富贵，奈月说，你不去找古菜花了？你的妻子古菜花。

李富贵说，我不去找了，我要娶你做妻子。

奈月说，富贵，你去找吧，去找你的妻子古菜花。

不找！奈月你怎么回事？我不找古菜花，我要娶你奈月！

奈月摇了摇头，叹了口气。

奈月走了，离开了桃花村，走的时候，她把古菜花的照片也带上。我帮你去找你的妻子古菜花，我不会再回来了。奈月给李富贵留了字条。

后来，县报、市报、省报接连登出了一则寻人启事：古菜花，女，桃花村人，两年前走失，夫李富贵痛不欲生，望眼欲穿，深情盼望她早日回家。请知情者提供线索，定有重谢。联系人李富贵，联系电话2222333。启事旁边是一张古菜花的照片。

几天后，县报、市报、省报又接连登出一则寻人启事：奈月，女，桃花村人，一星期前走失。夫李富贵痛不欲生，望眼欲穿，深情盼望她早日回家。请知情者提供线索，定有重谢。联系人李富贵，联系电话2222333。启事旁边是一张奈月的照片，李富贵当年帮她拍的那张照片。

奈月在离开桃花村后，曾到尚干镇找音像店小老板，她说，你娶我吧，我嫁给你。小老板吓了一跳，说，我结婚了你不知道？我半年前就结婚了你不知道？奈月摇摇头，笑了笑，然后走了，再也没回来。

《人民文学》2003年第1期

淡绿色的月亮

须一瓜

一

不是谁都能看到淡绿色的月亮的,它只是有的人在有的时候能够看到。

芥子在那天晚上看到了。她是在钟桥北的汽车里看到的。桥北到机场接回了回娘家一周的芥子。然后,他们停好汽车,手牵手开门进屋。桥北在开门的时候,顺势低头吻咬了芥子的耳朵。

保姆睡了。她把房间收拾得很干净,能发亮的物件都在安静地发亮。玄关正对着大客厅外的大落地窗,阳台上的风把翡色的窗帘一阵阵鼓起,白纱里子就从翡色窗布的侧面高高飞扬起来。卧室在客厅侧面隐蔽的通道后面。

芥子的头发还没吹干,桥北已经在床上倒立着等她了,说是倒立健脑。桥北还有很多健身的方式,比如,每天坚持的两千米晨跑,周末三小时的球类运动。桥北无论生活还是工作,都充满创意。比如，做爱。近期，桥北在玩一种花生粗细的红缎绳。芥子叫它中国结，桥北不厌其烦地纠正说，叫爱结。红缎绳绕过芥子的漂亮脖颈，再分别绕过芥子美丽的乳房底线，能在胸口打上一个丝花一样的结，然后一长一短地垂向腹深处。桥北给全裸的芥子编绕爱结的过程，也是他们双方激情燃烧的美妙过程。芥子喜欢这个游戏。

入睡的时候大约是十二点。芥子一直毫无睡意，起来服用安定的时候，她不敢看钟。再次醒来的时候，她第一感觉是谁在喊叫。有一只一人高的小白兔站在她床前。眼睛很涩，她睁开眼睛马上又想闭上，可是，她突然打了个激灵，一下从床上坐了起来。

是的，不是做梦，真的有人站在她面前，手里有刀！桥北不在身边。那人脸上戴着小白兔面具，白兔一只耳朵翘起，一只耳朵折下来；客厅灯亮着。芥子一张嘴就想喊桥北，小白兔一下捂住了她的嘴，刀尖差一点就要扎在芥子的鼻子上。芥子闻到那只陌生的粗糙的手心上的汗味混合着什么的怪味。

小白兔的表情始终是得了大萝卜的高兴表情，可是面具后面的人挥着刀，手势十分凶狠：敢喊，我就不客气！喊不喊？

芥子慌忙摇头。小白兔用力捏了下芥子的脸颊，拿开了他的手，但刀没移远。出去！那人说。

芥子下床。她穿着冰绿色的细吊带丝质睡裙，睡裙长达脚面，可是胸口比较低，所幸爱结还在脖颈上，松松垮垮地吊着，芥子觉得多少掩饰了一些空当。

桥北在客厅，他被绑在一张餐椅上，一个戴着大灰狼面具的人站在他身边。没有看到保姆。一见到芥子，桥北就做了个没有食指配合的"嘘"的表情。芥子知道桥北要她安静、镇静，可是，芥子克制不住地颤抖、想哭，也想叫喊。小白兔晃了一下耳朵，大灰狼就过去拖过一张餐椅。大灰狼去拖餐椅的时候，芥子发现他是个不太严重的瘸子，不知想平衡，还是想掩饰，大灰狼用跳跃的方式行走。

大灰狼把椅子放在沙发前，离桥北四步远的地方。芥子被小白兔用力按坐了下去。大灰狼马上拿着不知从哪里拿出来的棕绳，要绑芥子。芥子尖叫起来，小白兔一巴掌就甩了上来，芥子噤声，转头看桥北。桥北没什么表情，似乎闭了下眼睛，还是要芥子安静的意思。芥子的一滴眼泪掉下来。大灰狼就把芥子的手熟练地反绑在后面了。桥北对芥子说，别紧张，没事，他们不是有困难，不会到我们家的。是吧？兄弟，看喜欢什么，你们拿好了，我们也不报警，只请你别伤害我们。

桥北的包、芥子的包、两人的手机都在沙发前的大茶几上。小白兔示意大灰狼看好两人，他开始搜包，两人包内每一个夹层的东西都倒出来了，大小面额的钱、购物发票、优惠卡、会员卡、身份证、医疗卡、口红、粉盒、卫生护垫倒了一大堆，桥北的包里竟然只有一个旧的电话本、一部摩托罗拉V998手机和两块电池；小白兔在一个夹层中找到五十元和包着它的一张发票；芥子的包内东西占了一大堆，可是，这一大堆里的钱只有两百多元。桥北现在使用的黑包不在。

芥子在想幸好把两千元钱给了妈妈，还有桥北现在用的黑包肯定是落在车上了，这个是他已经不用的旧包。小白兔突然冲到桥北面前，一把揪起桥北的睡衣前襟：还有钱在哪？

桥北说，我也不清楚。包不是都翻了吗？三部手机你们都拿走吧，请把SIM卡留下好吗？

大灰狼瓮声瓮气地说，这手机当然是我们的。还有钱呢？

小白兔面具的眼睛窟窿位置，射出非常阴冷的光。显然他是主谋。你们俩住这样的房子，不是只有这点钱的人！快点！我没时间！

通过大灰狼面具嘴巴窟窿，能隐约看见后面的人脸上有一副挺长的龅牙，人脸瓮声瓮气地说话，可能是想把牙齿遮盖得好一点，以至养成了习惯。他说我大哥一旦见了血，就收不住手了。你们最好不要让他见血。

桥北说，到卧室的床头柜抽屉里看看吧。

二

歹徒是凌晨五时离去的。他们在用人房找到了被毛巾堵嘴、捆绑得快死过去的保姆。桥北说，他们大约是凌晨四时左右进来的。开门进来，钟桥北说他是在卧室卫生间听到客厅好像有异常动静，于是，走到通道观察的时候就和两名劫匪相遇了。月亮非常亮，西斜的月光洒过阳台，透过白纱窗帘，照在沙发上。小白兔和大灰狼的黑影就突兀在沙发前。然后他们扑了上来。

歹徒总共得到了五千二百元现金，其中五千元是用银行卡根据密码到柜员机上提的款；四万元航空债券，再过两个月到期；两个戒指、一条白金项链；三部手机，其中桥北的是才买一个月的商务通手机，价值近五千元。

警察接到报警电话就来了。先是两个，后来来了好几个，乱哄哄的。芥子想想就想哭。警察分别给桥北和芥子、保姆做了笔录，不同的警察，问的问题差不多，但是，他们还是一对一对地反复提问、记录。警察似乎越来越怀疑保姆，有关她的问题，问得越来越细。

钟桥北和芥子离开刑警中队的时候，已经十二点半了。保姆要稍后问完。他们就先走了。也许受了警察影响，钟桥北也开始分析保姆作案的种种可能性，但芥子不想参与分析，她不想说话。就是不想说话。桥北说，你怎么啦？

芥子小声说，很累。

两人到牛排馆随便吃了点午餐。桥北说，回家睡一下就好了。别难过。钱毕竟是身外物。想开点，好吗？

芥子还是不想说话。桥北说，这案子你说能破吗？

一块牛排被芥子割得稀烂，她只是吃了一个煎鸡蛋。桥北已经明显感到芥子情绪低落。他动手用自己的叉子叉了一块牛肉往芥子嘴里送。芥子扭过头，不接。芥子说，他们都比你个子小很多，其中有个人是瘸子。

桥北愣了愣。可是，桥北说，他们手上有刀。对不对？

芥子点头。

桥北是当晚七时的飞机。飞大连，有个展览会。他不知道芥子午睡也失眠，芥子当时尽量不动地躺在桥北身边，桥北打呼噜的时候，她悄悄爬起来，一到客厅，凌晨四时发生的一切又历历在目。歹徒是开门进来的。她不知道桥北是和歹徒怎么遭遇的，她对她醒来的前面，一无所知。只是警察进门之前，他们说了几句。桥北说，我一看见陌生人，就什么都明白了。我马上说，你们要什么就拿吧。我不反对，大家出来混也都不容易。桥北说，幸好我反应快，开了灯我才发现他们手里有刀！

五时许，桥北提着行李出门。三分钟后，他又回来了。他说，你情绪很差，要不我叫我妹妹来陪你？芥子说不要。芥子不喜欢钟桥南，桥南是那种直爽和无耻分不清界限的人。

你开门。

芥子把防盗门打开。桥北进来，放下包，用力抱了抱芥子。你行吗？桥北说，我不放心。芥子说，你走吧，我不害怕。你快走吧，赶不上飞机了。

芥子是站在窗后看着桥北下楼后，穿过后围墙被人图走近道而拆毁的铁栅栏，走到马路对面的停车场的。桥北的确非常帅气，高大结实，开车的样子也像个赛车手。芥子站在窗前回忆，小白兔和大灰狼好像都和她差不多高，应该在一米六七左右。

保姆怨气冲天地煮了两份面条。她说她都快被坏人弄死了，到现在胳膊还在痛，那些警察又不会破案，一直问我们有什么用啊。她把面条放在桌上，就翻起衬衫给芥子看她被捆得发青的绳痕。

芥子说，要不要涂什么药？保姆哼了一声，说又没破。那两个坏蛋如果抓住了，我要亲口咬死他们！芥子说，收拾好了，你早点睡吧。昨天没睡好。

芥子临睡前又把门和窗看了一遍。都是反锁反扣好的，如果没人配合，外面的人是进不来的。可是，芥子在床上还是翻来覆去睡不着。她爬起来，想象凌晨四时的情景。她先到卧室的卫生间。桥北站在卫生间听到了外面的异常动静，然后，他怎么走过两米多的通道呢？客厅里站着两个陌生动物，其中一个还匆匆调整了一下面具。桥北没有扑过去，如果扑过去会怎么样呢？桥北反应过人、孔武有力。可是，桥北没有扑过去，而是矮小的入侵者向高大的桥北扑来。

芥子开着灯，在沙发上久坐。保姆出来了，揉着眼睛说，为什么不睡呀，睡吧，没事了，你到自己房间把门反锁好就行了。要不要我陪你？

芥子忽然感到了真正的恐惧,谁是真正的敌人啊。芥子站起来,说,我没事,我这就去睡,你也睡吧。芥子连忙进了房间,把门反锁后又检查了两遍。整个晚上睡不好。

次日一早,警察上门请走了保姆。芥子吃过麦片,靠在沙发上竟然睡了过去,直到电话响起来。桥北说,你没事吧?

芥子想哭,可是她感到自己不想让桥北知道她想哭了。她说,我没事。飞机很顺利是吗?桥北说,很顺利,进城安顿下来太迟了,没敢去电话,怕吵你。芥子,听我一句话,钱是身外物,你别看不开。破财消灾,懂吗?

我知道。芥子低声说。她本来想说,这不是钱的事。但芥子说,那你什么时候回来?桥北说,七八天吧。有事打小王的手机,我都和他在一起。你记下他的手机号好吗?

芥子说好,你说吧。其实,芥子手上没有纸也没有笔。桥北在电话里三个三个一组地报号码,芥子三个三个地重复着,但什么也没记下来。

三

芥子到她的"芥子美剪"美发店的时候,早班的员工都到了,几个洗头工在叽叽喳喳地议论芥子家的事。因为昨天芥子跟师傅阿标说了几句,就到警察那里忙了大半天,一整天没过来看店。阿标手艺不错,就是见人就黏糊,店里的洗头小女工被他泡得争风吃醋,吵来吵去,可是,很多女顾客喜欢阿标料理头发。阿标的大腿会讲话,手上的剪刀不停,动作准确,腿上的膝头也善解人意地和女顾客促膝谈心。钟桥南最会骂阿标,可是,她指定阿标做她的头发,不管是剪还是染,非阿标不干。再迟也等。

钟桥南来做头发倒是都付钱的,她说亲兄弟明算账,可是,她要是带朋友来弄头发,就非常豪迈。走时,照例喊一声,多少钱?芥子照例说,算了算了,自家人你干什么呀?

钟桥南就说,那好吧。或者转身就对朋友说,怎么样,下次还来找芥子、阿标吧?我叫他们优惠。

芥子就笑着送客。阿标有时会撒娇,拦着不让桥南走。因为他是靠抽成的。他说,姐姐,我欠房租了,你不付钱苦了我啦,要不我晚上睡你身上?桥南伸手就狠捏阿标无肉的腮帮,阿标就顺势矮下来,杀猪一样叫唤:啊,姐姐!那你睡我吧!姐姐!睡我吧,怎么睡都行!

阿标一看到芥子进来,就拨开了身边的女孩,站了起来。他说,怎么样啊,老板?有希望破案吗?芥子说,天知道。反正都抢走了。阿标说,真的是好几万吗?芥子不想多说,她说,前天毛巾谁洗的,一股味道。客人提意见了。不是说过,这些小节要注意吗?阿标你查一下。扣钱。

正说着,桥南进来了。桥南像一个两头尖的大柠檬,她理着板寸头,金色的头发,穿着青黄色的大号T恤,下面是一条牛仔热裤,短得到了大腿根,衣服一盖,就像没穿裤子。阿标一见就哇哇大叫起来,姐姐,我受不了你啊,求你穿上裤子再来吧!桥南二话不说,一屁股坐到了阿标的腿上,还用力蹾了一下。

桥南说,怎么回事?芥子,我哥给我打电话了,让我来看看你。真是怪了,肯定是你家保姆里应外合干的!

芥子虽说是嫂子,可是,桥南比她大四岁,平时都是桥南说话,没有芥子多说的份儿,芥子也不喜欢和桥南抢说什么。芥子说,警察还没破案呢,我也不知道是怎么回事。

桥南说，我分析呀，就是那个保姆。我平时看她就贼眉鼠眼的。他们带刀是吗？听说连脸都不敢露出来，肯定是熟人！芥子认为有道理。

他们怎么进来的，个子高吗？什么口音？桥南像侦探一样发问。芥子就她知道的部分，粗略地说了一下，因为她不愿意在店里谈这些问题，尤其是小工这么多的情况下。

桥南不管。桥南说，没错，那个保姆最值得怀疑。苦肉计嘛，谁都会！我早就跟我哥说过，芥子你记得吧，我早就说换掉她。我哥那人，唉，傻子一个！平时整天跑步健身什么的，好像牛得不行，结果，真的来了劫匪，扯！和他们谈判！卖家求和！要是我啊，非和他们拼了不可！在自己家，谁怕谁啊，他们心虚得脸都不敢露出来，要我先一把扯下面具！再用凳子砸，动静一大，吓都把他们吓跑啦！

姐姐啊，你是孙二娘啊。怪不得我怕你。

桥南瞪了阿标一眼，去！闲着就给我洗洗头、吹吹。我没空和你啰唆。快点，用沙宣。

芥子说，可是，他们有刀。

刀？刀算什么？关键是他们做贼心虚！你一凶他们就软了，你反抗他们就怕了，他们还会用好刀吗？我哥腿那么粗，一脚就踢飞他的狗屁刀。天下歹徒都一样，唉，你们两个窝囊啊，尤其是我哥，真没劲！我要在你家，一棍子劈死他们！

正在桥南满是泡泡的头发上抓洗的阿标，听了哧哧笑。

四

晚上回到家就十点半了。是阿标提醒芥子要不要先走，他来顾店，并说要不要送送她。芥子说很近路灯又亮，就先走了。保姆真的被警察留住了，接下去不知道会怎么样。想起保姆前一段和芥子聊天时说，看到什么什么地方的人，因为面对歹徒不肯交钱，结果被砍了二十多刀。真是不值得，人嘛，把钱看得比命还重是傻瓜。芥子说，是啊，命比钱重要。

现在回想起来，这保姆真是像同伙，是不提前做思想工作来着？芥子进屋后，仔细检查门窗后，开始洗澡。关掉客厅的灯回卧室的时候，她发现客厅月光明亮。她站了一下，不由得又站到了桥北听到动静后出来的位置，是啊，看客厅非常清楚，两个小个子歹徒目测是一目了然的。桥北说什么，他说他幸好反应快，马上就说，要什么你们拿去，你们出来混也不容易，喜欢什么就拿吧。

是这样说吗？是这样说的。后来开灯才发现，他们有刀。就是说，还没看见刀的时候，桥北就妥协了。对吗？

昨天凌晨的事态中，芥子有三次感到强烈委屈。一是，桥北说我不知道钱在哪，那一瞬间，芥子感到压力特别大。是啊，很多人家都是女人管钱的，也许歹徒家也是；后来，桥北让芥子指引歹徒到卧室床头柜开抽屉。

抽屉的钥匙在书房第三格书架的杂物盒里。小白兔解开芥子和椅子绑在一起的绳子，但还是反绑住她的双手。他要她带他们拿钥匙、开抽屉。在桥北无奈和鼓励的眼神下，芥子乖乖地带着他们取钥匙。就是这次，他们找到了银行卡和债券还有首饰。

他们重新回到客厅。这一次没有再把芥子和椅子绑在一起，小白兔让芥子坐在沙发上。他把银行卡拿在手上晃动，他说，说出密码！

桥北和芥子互相看着。小白兔站起来,用刀在桥北的脖子上划了一下,芥子瞪大了眼睛。看上去不重,可是,有一颗血珠在桥北脖子划痕的下端慢慢大了起来。芥子又开始颤抖。桥北说,告诉他吧。

小白兔点头。似乎是赞同,也似乎是明白了:是这女人管家。

小白兔坐到了芥子身边。沙发陷了陷。芥子尽力挺直胸,想让衣服和身体接触密实,因为只要两肩一松,旁边人就很容易从胸口看到乳房,甚至透过乳沟看到小腹。桥北确实是不知道这张银行卡的密码,可是,芥子还是再次感到委屈。

芥子报出的是错误密码。小白兔看了芥子好一会儿,似乎在断定她有没有撒谎。芥子低下头。小白兔起身再次检查了桥北的绑绳,让大灰狼飞快地出门找柜员机提款去了。

小白兔更近地挨着芥子坐下。芥子想站起来,被他一把拽下,几乎跌在小白兔怀里。再不老实,把你再绑到椅子上!芥子感到面具后面的人脸不怀好意地笑了一下。小白兔重新把放在茶几上的刀拿在手上把玩。

别那样!桥北说,大哥,不是要什么都让你拿了吗?

小白兔这回笑出了声。真的吗?

他用刀尖把芥子脖子上的爱结小心翼翼地挑了出来,端详着,兔子的耳朵碰到了芥子的脸。芥子努力往后,小白兔突然用力扯了红绳子一把,芥子栽向他,然后,他把爱结掉个头,长带放到脖颈后面,似乎换一个角度欣赏着,可突然从背后猛提起绳子。芥子的脖子一下被卡得火辣辣,舌头被勒得伸了出来。可是,小白兔马上把手松了。芥子剧烈咳嗽,她闭上眼睛。她觉得自己差点就死了。

小白兔又把红绳子掉转回来。芥子抖得无法克制，可是，她知道桥北救不了自己，所以就不肯睁开眼睛。小白兔坐在了芥子大腿上，然后不是用刀，而是用手，把爱结轻轻放回原来的地方。他的食指少了一节，好像是被切断重长的，因此，指甲变形，指尖圆大得像个肿瘤。那手送红绳子进去后，就停在她的乳房上。芥子觉得，那只肮脏的手，停着，开始慢慢地用力，她不由得全身绷紧了。就在这时候，门外响起了大灰狼的脚步声，小白兔像弹簧一样，高高跳离了芥子。

芥子睁大眼睛看桥北，桥北也大睁着眼睛看她。芥子大睁着眼睛，泪水就越过睫毛掉了下来。

芥子在月光明亮的客厅内走动，桥北的位置、她的位置、小白兔的位置，还有大灰狼的位置。她一一都走到位，停留，昨天晚上的一切历历在目。她到烘干的衣服里找到了爱结，看了很久，然后，她找出剪刀，在茶几上，把它一截一截地剪碎了。

还是睡不着觉。什么人都没有的房间不时发出啪嗒的细微响声，像有人从隐蔽的角落出来，不慎碰到了什么。芥子感到害怕，而且越来越怕。她把灯打开，又把卧室的门锁检查了一遍。快十一点四十了。桥南本来说要来陪她睡，可是她不肯，说自己一点也不怕。现在，给谁打电话呢？没想到，她拿起电话就按了谢高的电话。

谢高说，是你。有事吗？

芥子说，噢，没事。听说你通知明天下午开业主会议？

是啊，居委会综治小组长都通知了吧？你自己来吧！要整治发廊秩序了，有些新规定。

我自己来。会开很久吗？

不会。说说整治计划，签个责任状就好了。你就这事啊？

嗯。我问问。那再见吧。

过了两分钟，电话响了。芥子以为是桥北，却是谢高的。谢高说，我知道你家出事了。钟桥北做完笔录出差了。你是不是一个人害怕？

没有。我不害怕。

你是害怕。要不我过去陪陪你？今天我值110。

我不害怕。

谢高很轻地叹了一口气，说，你自己关好门，我叫联防队员巡逻时多走你那段。好好睡吧，不可能再发生一次的。没这个概率。

五

谢高是这个辖区的治安警察，专门管特种行业的，什么发廊啊按摩院啊，洗脚城还有歌厅舞厅娱乐的。很多小业主都巴结他，可是谢高总是神情郁闷。他郁闷着脸到处转悠，看到不顺眼的张口就骂、抬脚就踢。今年特种行业放开了，不需要公安审批，申请人只要完成工商、税务登记什么的，就能开张。一时之间，这条街上冒出了十几家发廊，还不算小巷深处的。如果五十米内有六家发廊，你说靠什么竞争呢？实际上，这六家可能都不是发廊了，可能合起来，都找不到一个正规师傅，甚至一把剪刀。你叫它色情按摩院也对，尤其是偏远一点的小店。

在"芥子美剪"的后面拐角一个叫"情思"的发廊，水平不怎样，可是生意兴隆。每天都有几个乳房都快跌出衣服的小姐，坐在店门口，飞着媚眼，打捞路过的男人。两对男女被突然行动的谢高他们逮个正着，两个正在从事色情摸弄的小姐都是包着毯子押出来的。阿标他们看到了。芥子后来问谢高为什么，谢高说，一穿上衣服，她们就什么都不认账了。没办法。

还是抓不过来。这个"情思"关了，还有更多的"情思"缠绵着开。谢高他们挺烦的，大骂工商闭着眼睛审批，根本不看市场需求，人为恶化治安环境；可是，工商那边也不含糊，说不是一切由市场调节吗？谁要管那么宽，经营不下去，自然就倒了。谁爱开谁开。

等黄了一条街的时候，人民群众当然大骂警察笨蛋，有人往市人大、政协写信，信访件一层层转下来，谢高他们就要一件件去文字说明情况。谢高就经常恼火，看到张店光线不良、李店小姐媚笑，甚至偷做隔间，就气不打一处来，态度十分恶劣。而他已经无权封他们的店了。

但是，谢高对芥子非常友好。芥子一向守法经营，芥子有阿标这样的小有名气的两位大师傅，还有两个小师傅，还有六名基本安分守己、技法熟练的洗头工，芥子还有一大群的固定顾客，因此，从来不给谢高他们添乱。认识谢高的时候，谢高还是责任区警察。两个喝多的地痞，一头撞进店内，开口就要小姐。值班师傅说这里没有，他们竟然就把师傅痛殴了一顿，把店里砸得乱七八糟。通过那事，来处理案件的谢高就认识芥子了。

同行竞争难免飞短流长，就有人说，芥子是靠谢高的保护伞发财的，说芥子和谢高关系很那个。芥子自己的员工有的也这么偷偷议论，有些洗头工流动性大，流来流去说只看见谢高在芥子面前会有笑容。芥子不管它，她爱桥北，桥北也知道，桥北从来不把发廊里那些东西当回事，比如，那个不男不女的阿标，而一个小警察，桥北就是听到什么，也断然不屑放在心上。他们互相认识，桥北对谢高十分客气，见面总说，谢谢老哥关照；谢高对桥北也非常礼貌，谢高对芥子说，你老公挺不错，又帅。

会议在街道办三楼小会议室开。谢高主持的，他们所领导也来了。街道分管治安的副书记、街道综治办主任及各居委会综治小组长都来了。美容美发行当的小老板、小业主都来了。讲了辖区治安情况，讲了精神文明，讲了发案率，点名批评了不良发廊，表扬了包括"芥子美剪"在内的守法经营店家，然后，各家签下治安责任状，发誓保证本店文明守法，并积极检举揭发他店破坏治安的不正当竞争行为。举报有奖。

散会的时候，谢高叫住芥子帮他收拾会场。谢高说，晚上一起吃饭好不好？反正你保姆出不来了。

芥子说，我的保姆真的有问题？

你以为我们总是乱抓人吗？

芥子说，去哪呢？我是说吃饭。芥子突然很想和谢高待在一起，她否定是情感上寻找依靠，她认为她只是想知道一些关于这起入室抢劫案的内幕。所以，芥子说，我请你好吗？

谢高笑起来。好啊，你不怕别人说你拍我马屁？

我又不干坏事，我拍警察干吗？

谢高到所里换下警服，就和芥子一起走了。

六

"茉莉苑"是利用一栋旧别墅改建的酒家，外墙和内部装潢都非常温馨怀旧，就像别人的温暖的家的感觉。老板是个男人，打扮得像刚从高尔夫球场归来。看到谢高，奔过来就拥抱，好像久别重逢。谢高没有表情地和他拥抱一下。他们互相拍了拍对方的后背。原来这是谢高过去在这做责任区警的朋友。谢高说有包间吗？拐角那个小间的。

老板看着芥子，暧昧地说有有有，给你留着呢。谢高也不怎么笑，说，菜快点上好吗？我中午没吃饭。芥子觉得谢高真的脸色郁闷，好像没什么人能令他愉快，不过谢高看到桥北真的非常友好，虽然他们毫无友谊可言，这样说来真是可贵。三楼拐角的小包间，是利用小阳台改建的，玻璃墙看出去就是微波荡漾的茉莉湖，垂柳弯弯的，扶桑花在水边的柳丛下，火一样，一团一团的。景致很深远。

这间只能坐两个人。谢高说，喜欢吗？

芥子说，真没想到。以后我还来。她本来想说，下次我要和桥北一起来，可是话到嘴边就不想说了。谢高说，我喝点啤酒，你要不要？或者点果汁。芥子说，我也喝酒吧。

两人就没话了。芥子第一次单独和谢高一起吃饭，本来有很多话想说，可是，一时不知如何开口，只好等谢高问。她以为谢高会问前天晚上的事，可是，谢高不说话了，只是抽烟。

芥子尴尬起来。点菜的小姐怎么还不来？她说。

谢高说，不用点，他们知道我爱吃什么。你今天就陪我吃我爱吃的吧，好不好？钟桥北什么时候回来呀？

七八天吧。芥子说。谢高轻轻笑了，你老实说吧，昨天半夜打电话是不是吓到了？芥子摇头。谢高点头笑了笑。

我的保姆真的是一伙的？

我不知道。案件不是我办的，但他们不会抓错人的。

你是不是不想对我说真实情况？

你要知道什么真实情况？

我家的事。我不知道保姆说了什么。你们抓她是发现了什么不对头的地方吗？还有同案的人在哪里？

我真的不知道，即使我知道，可能也不便告诉你，因为现在案件还在侦查审理中。你别想这个事好不好？

小姐端来一个小瓦斯炉，原来全部是吃蛇。蛇皮蛇肉分开了，切装了十几个小碟，白的肉、黑花的皮，还有棕色的调味酱、芫荽、青瓜什么的摆了一桌。蛇骨不知怎么团成一个圆圈，正放在汤里熬。

谢高说，我听说过你吃蛇。吃吧，降火。你上火了。

芥子会吃蛇，但不爱吃蛇。谢高说她上火，她就想自己一直没睡好。谢高替她舀了蛇汤，然后把白白的蛇肉片放进沸腾的小锅中。等水一开，他就把烫熟的蛇肉放在芥子碗里，教她蘸着调味酱吃。

芥子说，如果歹徒是到你家，你会怎么样？

谢高惊讶地仰起脸，我？没想过。

那你想想吧。情况和我家的一样。两个小个子进来了，谢高你有多高？

一米七九，比你老公矮。

你家突然出现的两个歹徒，只有我这么高，有一个还是瘸子，不过他们手上有一把匕首，像一本书那么长，很尖。你会怎么办呢？

我不能回答好。也许我会本能地抵抗，制伏了他们；也许我被砍伤砍死了；也许我把钱给他们，就像你们做的那样。

你为什么要给他们钱？

因为他们可能丧心病狂，我不是对手。其实这个问题，一定要看具体的情景，你在当时会形成具体的感觉，并判断什么反应是最正确的。你为什么问这个？

要是我们就是不合作呢？

那我可能已经见不到你了。谢高笑了笑，你为什么一直问这种傻问题。告诉你，你碰到的歹徒是新手，如果是老手，早就搞定了，没必要拖那么久，危险性大大增加了。还被你蒙骗错误密码，来来去去的。

你知道案情啊。

快吃吧，清凉降火。我也饿了，你老问话，我才吃了两块。

过了一阵子，芥子忍不住又说，你真的会妥协吗？可你是警察啊！

警察也是人啊。别想这事了，案件有希望。办得快的话，东西都能找回来。谢高边说边站起来，不断往芥子碗里放烫熟的蛇肉。

如果我现在和你穿过茉莉湖，碰到歹徒，你会怎么办？

唉，又来了。打得过就打，打不过就给钱。如果还要人身侵害，比如劫色，只好和他们拼了。

但是，那时候你已经被打坏了，或者被绑起来了，因为你一开始就不反抗。

你能不能不说这个问题啊。要不，我们现在就下去走走，看看有没有歹徒出来，让我们实验一下？你这是怎么啦？

我觉得一般人都会认为和警察在一起比较安全。

看到谢高的脸色阴郁下来，芥子闭嘴。开始自己打捞蛇肉。谢高不再回答问题。芥子也不敢再问了。谢高后来意识到了什么,说,喝酒吧,芥子。我们说点轻松的,免得你晚上又睡不好。来,多喝点,晚上好睡觉。等会儿我送你回去,好吗?

七

桥北回来的前一天,案件告破了。办案刑警叫芥子前往指认。芥子其实认不清楚作案人的脸,因为他们始终戴着面具,她是凭他们的身形辨认的。大灰狼有点瘸,没错;小白兔的手很粗糙短小,左手的食指第一节缺失,而食指尖变得像蛇头一样尖圆。保姆确实和他们是一伙的,在警所,警察把戴着手铐的保姆带过芥子身边时,保姆冲着芥子笑,还想用手拉芥子,芥子惊叫一声。警察呵斥着保姆,推她走。

手机三部销赃出一部,是芥子的三星;首饰和航空债券都未及出手,现金五千二百元只剩几百元。警察说,要等开退赃大会的时候,一起领。

桥北在电话里知道案件告破非常高兴,说回来请警察吃饭。桥北回来的时候,直接进了家,然后给店里的芥子打电话,要芥子回来。芥子说,买点菜吗?每次从外面回来,你不是想吃稀饭?

桥北说,保姆不在不方便。我们上街找稀饭吃。

在"无名指"吃饭的时候,桥北说,我再给你买部手机吧。你高兴吗?等会儿就上手机店挑去。

芥子说好。桥北说,这件事把你胆子练大了。我本来以为你会不敢一个人待着。桥南却说你一点都不怕。

是谢高说,不可能再发生第二次的。

回头你跟谢高说,明天我请他和他的办案兄弟们喝酒。请他帮忙招呼。谢高人不错啊。他到我们家过吗?陪你?

没有。他让联防队员巡逻的时候，多巡我们这一带了。谢高说，如果那事发生在他家，他可能会抵抗，制伏他们；也可能像我们一样，把钱给他们。

他毕竟是警察，和我们不一样。我要是警察，保姆她敢叫同伙来试试。

芥子说，要是你一开始就反抗会怎么样？

桥北停下来，看着芥子。芥子把眼睛转开了，看大街上。

一开始我冲过去了，我踢倒了一个。桥北说，可是我被茶几绊倒了，他们两个就扑过来，压住我。我的脖子被踩住了，后腰被踢了，第二天青了一片，现在都褪色正常了。我知道他们会玩命的，所以我说，要什么你们拿，别这样吓人，我不会报警。你吃了安眠药，你什么动静都听不到，等你出来就看到我被绑在椅子上了。对吗？

芥子点头。

谢高叫了两个承办刑警过来，其中一个是陶峰，是他的同学、好朋友。桥北也叫了公司两个朋友过来，因为在桥北走后，他们都很关心朋友妻子，桥北不在的时候，总是来电关心问需要什么帮助。

陶峰很爱说话。大家喝着酒，吃着螃蟹，吹着海风，听陶峰主说。原来是这样，保姆的丈夫就是小白兔，而大灰狼是保姆的亲弟弟，实际上就是姐夫和小舅子的搭档配。桥北公司的朋友笑着说，原来两匪互相监督啊。大家笑，桥北也笑。芥子看到，谢高看了她一眼。谢高本来就不喜欢笑。芥子也没有笑，她在想那只曾经放在她乳房上的手。这一节，做笔录的时候，第一次她含糊说到,第二次以后,就不愿意再说了,每次都跳过去。她也不知道为什么。桥北当然看得很清楚,但是,桥北会说吗?应该也不愿说。

如果他们不是姐夫小舅子的搭档配,接下去会发生什么呢?芥子突然一阵反胃,呕了一把,她慌忙用手堵嘴。耳朵下的皮肤和手臂外侧,激起一片鸡皮疙瘩。桥北说,你没事吧?

桥南说,食物中毒喽!说完自己哈哈大笑。芥子也笑了笑,说,吞了一个甲锥螺。桥北拍了拍芥子的背,说,好,算我们补钙。

大家喝了酒,随便一句话都滥笑。谢高喝了很多酒,但很少笑。

晚上芥子又是失眠。她以为桥北睡着了,便爬起来吃药。以前桥北总是一沾枕头就睡的。可是,今天芥子刚吞下药的时候,桥北背对着她说,我给你按摩一下,好吗?

芥子有点反应不及,说不出话来。桥北从来没有躺下这么久没有入睡的。所以,芥子说,你怎么没睡呀?

你怎么又服药呢?桥北说,你不是说是偶尔一两次吗?或者喝浓茶、做爱太兴奋。昨天我们没有做爱,可是你也服了,我并没睡着;今天也是,你怎么又服呢?你这样会上瘾的。

我不知道。越急越睡不着,所以我就……

我走的这八天,你是不是天天失眠?我看到你的药瓶了,一下少了那么多。

芥子爬到床上。桥北伸出胳膊把她搂向自己:我告诉你,你不能这么脆弱。这事已经过去了,永远过去了。没有什么大不了的,大部分东西不是都在吗?

芥子点头，说，我没有想这事。

那你刚才想什么？说真话。芥子看到桥北的眼睛闪烁着暧昧的意思，可是，她不需要。桥北开始抱紧她，芥子把他胸口推开，说，我头发晕。桥北伸出手，手掌盖在她脸上，大拇指和无名指分别按摩她的太阳穴。我跟你说啊，芥子，人家说破财消灾，还有塞翁失马，焉知非福，知道吗？我知道你不是小心眼的人，不是爱钱如命的人，你只是惊吓过度，对吗？现在我回来了，天天在你身边，你看，你伸手一摸，我就在你旁边，热乎乎的。你还担心什么呢？

如果，芥子在他手掌下面说，如果他们两个不是那种关系，你说，他们会怎么样？

谁？他们啊，反正钱是少不了的。怎么分赃是他们内部的事。

我不是说这个。

为什么要找难受呢？你这个傻瓜。现在不是一切都挺好？睡吧，要我抱着吗？如果再不睡，明天我开车会危险的。

八

开退赃大会的时候，桥北正好又出差了。骑着警用摩托的谢高在公安分局门口看到芥子，说，噢，退赃会。钟桥北呢？

芥子说，他出差了。谢高说，细软很多吧？上来。我送你的宝贝回家。

到宿舍楼，芥子邀请谢高上楼到她家去。谢高有点意外，几乎有点不好意思。他有点口吃起来，我，还有事，要不，我陪你上去一下。

新保姆到位了,可是还不是太利索,洗个水果又把盘子给打了。芥子赶紧去帮忙,她怕慢了,谢高要走。谢高在她家走动着,四处观看,似乎非常欣赏。然后谢高就坐在沙发上,就是那天晚上芥子和小白兔并肩坐的位置。

挺漂亮的,你家。谢高说。

芥子说,陶峰那人很有趣啊。你们两个很合得来呀。

我们当年住在一个宿舍。他很讨女孩子喜欢,也很能干。

我还不知道你是调过来的,我还以为你和陶峰他们一样,是分配过来的。调过来不容易吧?

在那混不下去了,死活得调过来。再不容易卖人卖血也得调。

现在你坐的位置,就是那天晚上我坐的位置,那里的窟窿就是被刀扎的。桥北在那,他被绑着和椅子连在一起,不能动,站不起来了。后来,一个歹徒坐在我身边。

谢高眼睛一眨不眨地盯着芥子,芥子突然明白,谢高什么都知道,于是她停了下来。谢高开始吃水果,他小心地用小叉子,一片片叉起来送进嘴里。芥子看着谢高。谢高说,你来一片?很甜。

芥子说,要是那两个人不是姐夫和小舅子,你说会发生什么?

你比我清楚。谢高说。

我不要这个结果。我们真的什么也不能改变吗?

谢高叹了一口气。你是我见过最固执的女人了。想听警察的忠告吗?警察从来不鼓励受害人蛮干硬顶,尤其是力量悬殊的时候。生命是无价的,最值得珍惜的只有它。美国警察告诉市民,身上最好放一点小钱,是的,就是花钱消灾用的。你可以尽量记住犯罪人的特征，随后报警，为警察提供最好的线索。要知道，你是老百姓，首先要爱护自己。

那见义勇为怎么办？报纸上还不是总是报道那些不畏强暴、勇敢的人。

那是报纸。不过，我从心底也敬重那些不畏强暴、见义勇为的人。可我是警察，警察要保护老百姓，所以，我们首先希望老百姓都能平安。

求你查个问题，好吗？

谢高说，只要我能办到。你说吧。

出事那天晚上，我因为用药，醒来之前发生什么事，我都不清楚。我很想知道前面的事。我想，你帮我了解一下好吗？

钟桥北不是醒着吗？

芥子点头。可是，我还想知道他们两个是怎么说的。有的事桥北也不知道。我想看他们的口供笔录。

看笔录，这不可能。你查问这有什么意义呢？你听不懂我的话，唉，我有点明白你是怎么回事了。但我真的不希望你这样固执。

你帮不帮我？你不帮我我就直接去找陶峰。

谢高不说话，看着芥子。你真的很傻。谢高站了起来。

芥子一把拉住谢高的手：帮我！好吗？悄悄的。

九

连续一周，芥子有空就给谢高打电话。谢高总说忙。芥子说，那你就在电话里告诉我，他们两个说了什么？

开始谢高说，他还没看笔录，后来说找不到陶峰他们，后来又说电话上不好说，其实情况就那样，和你知道的差不多。芥子就拿着电话不说话。谢高停了一下，说，你生气了？芥子还是不说话。谢高说，下午我来你店里吧。芥子说，我下午不去店里，到我家好不好？芥子是不愿意店员们听到什么，到店外说话，又怕大街上闲言碎语。

谢高犹豫了一下，说，我四点来吧。有变我打电话。

谢高很准时。才坐下，芥子就说，他们两个怎么说，是不是一致的？

差不多。大约凌晨三点半左右，保姆把门打开，然后，他们进了保姆房间，捆绑，堵毛巾，把床翻乱，椅子放倒，制造现场完，然后戴上面具。

谢高述说的时候，芥子慢慢把大拇指甲竖在唇边，她的眼睛睁得很大，她在咬指甲。

他们来到客厅，小舅子拔电话线的时候，碰倒了那盆龟叶菊盆上放的电蚊拍，之后，走到前面的姐夫把这个放杂志报纸的杂物架给踢倒了。这时，卧室通道有光射出来，卧室开门了，随后，桥北走出来查看。桥北个子很大，小舅子想跑回保姆房拿忘在那里的刀。

他是瘸子。

对。关于这一节，两人供述不一致。姐夫说小舅子吓了一下，想逃跑，小舅子说是想去找刀。接下来供述又是一致的，姐夫一见桥北就马上扑上去了。桥北闪身说，别这样！我配合！想要什么你们就拿吧。这工夫，小舅子从后腰踹了桥北一脚，桥北身子一歪，他们两个趁势扑了上去，压住了桥北并捆绑。桥北很生气，桥北说，兄弟，你紧张什么？我不是让你拿吗？我也知道，你们不是有困难，不会来找我。大家都不容易，喜欢什么就拿吧。拿了就走。

捆好桥北，小舅子就赶紧去保姆房拿刀。姐夫接过刀，要小舅子看着桥北。他收拢客厅找到的你们的包和外衣，然后，姐夫提着刀往卧室走去。桥北大喊一声，钱都在包里！小舅子甩了桥北一巴掌。

谢高突然伸手打掉了芥子放在嘴里使劲噬啃的手。芥子愣了愣，说，后来呢？

后来你醒了。发现两只大动物在你家。

那灯什么时候开的？我醒来时，客厅灯是亮着的。

我忘了注意了。亮着就亮着吧。也许他们控制了钟桥北胆子就大了。

他们两个真的都是那么说的？

口供基本相吻合。应该就是事实了。

那桥北是怎么跟你们说的呢？关于这一段。

基本差不多，区别在钟桥北说他一眼就看见了他们有刀，他感到极大的威胁。

我是说，桥北他有反抗吗？比如打他们，踢他们？

谢高又开始看芥子，他停下不说了。芥子说，我想听下去呀。

谢高说，我记不住了。钟桥北跟你是怎么说的呢？你说说，我也许能回忆起来。

我忘了。芥子说。你下次再帮我查看一下吧。

谢高轻轻地笑起来。你是傻瓜，这样做，你会后悔的。

芥子不说话。芥子后来说，你走吧。

谢高走后，芥子一个人坐在沙发上发了很久的呆，新保姆从厨房跑过来，迟疑地为她开了灯，又问要不要开电视机。其实遥控器就在芥子手上把玩。芥子说，给我一杯冰橙汁吧。保姆说好，转身进厨房没十秒钟，只听当啷一声，她又把什么给打破了。新保姆上任一周，已经打破包括汤匙在内的六七样器皿了。芥子懒得进去，连问也不愿意。过了一会儿，新保姆脸涨得红红的出来，双手递过一杯冰橙汁，说，对不起，杯子滑掉了。芥子摇摇头，说，没事。

小白兔押着芥子去卧室开床头柜抽屉取东西出来，桥北说，喝点什么吧，冰箱有啤酒和橙汁，你们要吗？

歹徒没有搭理桥北。

大灰狼一瘸一瘸气急败坏地进来，说密码是错的！小白兔就把刀子一刀扎进真皮沙发。他站在桥北和芥子之间：谁告诉我正确的？我只问这一次！

桥北说，让她再想想！你们吓着她了。芥子！再想想！别紧张，钱赚了就是大家花的，对不对？你们二位喝点什么吧？让她想一想。

芥子竟然又报出了错误密码。当大灰狼第二次气急败坏一歪一歪地冲进来时，还没说话，小白兔就一把将扎在沙发上的刀拔了出来。

告诉他们！桥北低声喊，芥子！别孩子气！求求你了！

十

桥北经常冲着新保姆发脾气。那个有刀伤的棕色大沙发，他要求保姆去找一个好师傅，尽量不露痕迹地缝合好，可是，保姆找来的师傅，开价又贵脾气又大，还竟然把一块浅棕色的皮垫补了上去。看那沙发就像画上了一个嘴巴，比以前的伤口还醒目。桥北回家，站在沙发面前，瞠目结舌了好一会儿，猛然挥手，大吼一声：给我拆了！再不行，把沙发换了！新保姆当场要哭出来。

当他发现芥子屡屡失眠，而且再也找不到制作爱结的红缎绳时，他就经常一个人看电视到深夜，或者很迟回家。终于有一次，他问芥子，我们的红绳子呢？

芥子说，不知道。看到桥北有点锋利的目光，芥子说，也许保姆收到哪去了，或者会不会洗了被风吹走了？要不我们再买一条吧！

桥北不说话，但他再也不提红绳子的事了。

有一天，芥子独自在家看片子《纽约大劫案》，桥北回来，看了一眼，就走开了；后来有一次在音像制品店，两人产生小小争议，因为，芥子很想买《石破天惊》《生死时速》。桥北说，你别那么孩子气，美国拼命树立孤胆英雄只是为了票房价值。就骗你这样傻瓜的钱。你以为是真的？

又有一天，他们在家正吃晚饭，桥南带着儿子来了。然后报告社会新闻。桥南说，前天晚上在小伊甸园那个景区，一个大学生遇到两个抢钱的坏人，就和他们打起来了，那个男学生被砍了十几刀，血淋淋地到一个公用电话报警，结果，警察在轮渡口把两个歹徒都抓住了。早上在出租车上听广播说，连医务人员都很感动。很多市民带着花篮、水果篮去看望那大学生，嘿，我想主要是老阿婆老阿公啦，谁那么有空。

他个子很大吗？芥子脱口而出。桥南说，我怎么知道？要不你也去看看那个勇士？哎，钟老哥，那天你要是反抗了，会不会也被砍十几刀啊，我的天哪，那我们家也出英雄啦！

桥北笑了笑，说，我已经被砍死了！我的傻老妹，你还想当英雄的妹妹啊。就你这样疯疯癫癫的，我真担心你儿子被你带傻了。小鱼头，跟舅舅过吧，舅舅带你坐飞机去，来，我们现在就去！

桥北把孩子抱到阳台上去了。桥南追了过去，声音又响又亮：想儿子自己生去！又不是生不动；生不动，小鱼头就送给舅舅舅妈好啦！

桥北的公司在岛外，那天晚上，桥北来电话，说有一单出口业务要谈，不回来了。芥子洗了澡早早上床，胡乱看着电视，不知怎么就睡过去了。迷糊中，感到脖子发痒，翻了个身，痒的范围更大了。是有人在轻轻地抚摸她。

芥子睁开眼睛。是桥北躺在身边。对不起，桥北轻声说，我不想弄醒你的，可是，看你睡熟的可爱样子，无忧无虑的，忍不住想亲亲你，我马上就睡……

芥子把手伸给了桥北，抱住了桥北的脖子。你不是说不回来吗？

是的，桥北的脸在芥子的颈窝里，他像在呜咽一样地说，我改变主意了。芥子的敏感部位，桥北很清楚，但是，现在好像它们转移到桥北不知道的地方了。芥子不安了，小声说，对不起。桥北说，没关系。放松，你放松，慢慢放松，我等你。

芥子还是不行。越急越不行，她无法集中感觉。对不起。芥子说。桥北把她的嘴吻住了，一直摇头，示意她闭上眼睛。

现在行了，芥子说，你上来好吗？

芥子从卧室的卫生间出来,桥北把她搂在怀里:弄疼你了是吧?

没有。怎么会呢?

你骗不了我。你在假装。

不是这样。

就是这样。

第二天一早,桥北就走了。芥子醒来的时候,只看到他喝剩的奶杯,他最喜欢吃的大理石蛋糕,一点都没动。新保姆去买菜了。这是他们最后一次做爱。阳光洒在了芥子的床尾,芥子忽然想起那天晚上看到的淡绿色的月亮。

十一

桥北似乎开始千方百计地出差,把别人的活都揽过来做了。他南征北战地到处飞,接单,谈判,巩固客户关系,每一次都带小礼物给芥子,他们说话和以前一样和气温馨,但是,他们和过去的生活有点不一样了。

谢高似乎也尽量回避芥子,芥子经常看不到他,有时他经过店里,也是例行公事地转转,就走了。芥子到底忍不住,那天,叫住了正要离开店内的谢高。

你欠我的事呢。

谢高不说话。芥子看他胸部深深地起伏了一下,知道他在叹气。晚上我请你喝咖啡,好吗?芥子说。谢高说,怎么说你才明白呢,你在糟蹋自己的生活啊!

你去不去?

几点?最好别在我们辖区。

在山楂树咖啡馆的水幕玻璃墙下面,他们坐在带绳索的摇椅上。面对面。芥子不喝咖啡,要了芦荟牛奶,换穿便衣的谢高不喝咖啡也不喝茶,只要了钴蓝色的蓝珊瑚,又要了红粉佳人冰激凌。

谢高说,老实告诉你,我不想做那事了。案件卷宗我实在不想再去看。讲个故事给你听吧。芥子神情黯然,说我知道,你不愿意帮我了。你现在老回避我。

我回避你干吗呀,这不是小事一桩吗?这我就要回避,我当什么警察啊,比这麻烦讨厌的事多着呢,我回避得了吗。喂,听不听故事?

芥子看着谢高,谢高不等她表态,就说了。从前啊,沙漠上有一只聪明的猴子,它过着无忧无虑的快乐生活。可是有一天,它在一块大石头下面,突然看到一条毒蛇,猴子当场就吓晕过去了。它知道那块石头下面有条蛇后,每一次经过那里,都忍不住想翻开石头看看,可是,每次翻开石头,它都看见了那条毒蛇,结果,每次它都会被吓晕过去。即使这样,每次路过,它还是想看石头下面的东西……

你在说我。芥子说,我像个傻猴子,是吗?

原来的生活不是挺好吗?石头下面有什么和你有什么关系呢?不该探究的,就要学会放过去。你这个样子很折磨人。折磨男人,也折磨警察。

怎么会呢?我怎么会折磨……还,折磨到你?

对。你不了解我。你的确在折磨我。听我一句话,不要再看石头下面的东西了,好吗?那并不影响你的生活。

你不了解我的感受。那天晚上我多次想哭,不是因为害怕。

你知道我的意思吗？我知道你懂很多东西，我看得懂你不说话的眼神，可是，你不明白我的感受。你真的不明白。因为你是男人。

我肯定明白。就是因为我是男人，我是警察，所以我太明白你的感受。可是，那没有意义呀。你真的就绕不过那块石头吗？

我不知道……女人总希望男人是勇敢的，他有勇气、有能力保护自己的家，保护自己心爱的一切。桥南都说了，那天晚上她在，她会一棍子劈死他们的。

谢高笑起来。桥南是个二百五，是个大三八，难道你不知道吗？谢高说完又笑，态度很轻蔑。芥子不再说话。谢高说，你有没有想过，那天晚上，如果桥北动手了，可能惹来杀身之祸，结果仍然是，他保护不了包括你在内的任何东西。这样的结果你愿意看到吗？

芥子摇头。不愿意，我爱他。芥子说，可是，我真的很想看到他不是那样……芥子想说窝囊，但不肯说出口，她说，我心目中的人和那天晚上的突然不一样了，就是不一样了，再也不一样了，我回不去了，我也不愿意这样，可是我回不去了……

泪水忽然就溢出了芥子的眼眶。谢高把头转向窗外行人。

十二

怀孕太让芥子意外了。医生说去做孕检，芥子脱口而出：不可能！我没有……填化验单的医生很不友好地瞪了她一眼，想想，抬起头，又瞪了她一眼。小便化验是明白无误了。拿着报告单，芥子懵里懵懂地站在妇科门口，她在想肯定就是那次不愉快的做爱了，也就是他们最后一次的做爱。每次做爱都有安全保障的，但有时会出点技术偏差。

她本来就和桥北说好，过两年再要孩子，而现在纷乱心绪中，她更是一点思想准备都没有，胎儿来得太匆忙，不请自到，好像是赶来弥合什么缝隙的，也许就像赶来补那个受伤豁口的沙发。这么想着，芥子更加难以适应。她给桥北打电话，桥北在上海，马上要飞去日本，可是，拨到最后一个号，她又放下了电话。

芥子突然想起来，一个月左右她因为感冒咳嗽，吃了一些药，还拍过X光胸透片。她打电话给桥南。桥南一听，就说，打掉！万一生个有毛病的，你们这辈子就完蛋啦。马上打掉！我给你联系好医生。

芥子说，你哥要是不同意怎么办？

不可能！拍过X光的胎儿，要长恶性肿瘤的！他怎么会那么傻。我哥聪明人哪！再说，你要等他半个月从日本回来决定，就太大了。不行不行！我决定了。听我的，我这就联系一个非常好的医生。是我同学的妈妈。

桥南办事快刀斩乱麻，第二天就把芥子弄到妇产专科医院。等桥北回来，已经过去半个月了。桥北又带了礼物，每个人都有份儿，包括小鱼头的。桥北一直对小鱼头非常疼爱。看到桥北像没长大的男孩一样在反复端详小鱼头的礼物，芥子怎么也开不了口，她不敢说。第一天过去了，第二天晚饭后，他们一起到桥南家去送礼物。在路上，芥子开始担心桥南那个快嘴，肯定要告诉桥北，她想可能还是她自己先说比较好，可是，桥北在车上，一边开车，一边一直在接一个什么电话，听上去事情有点棘手，他在训什么人，有时声音很大。

芥子想在车上给桥南打电话，但马上觉得不可能了，桥北就在旁边。她一心指望能一到桥南家，就能悄悄拉过桥南请她干脆不要提那事。没想到，一进去，桥南就奔过来咋咋呼呼地喊，哈，老哥你要感谢我，你看芥子这小月子坐得多好，这气色多水灵。我们小鱼头还亲自去给舅妈送过一只土鸡呢，儿子哎，快来看！舅舅给你带日本礼物来啦！

桥北瞪着眼睛看芥子，又看桥南。芥子说，那个，不行……

桥北根本没听明白，连芥子自己也不明白自己说了什么，但是，桥北点了点头，就脱鞋进去了。他和小鱼头一起拆礼物包装纸，然后，对着礼物，和小鱼头一起振臂发出"耶"的欢呼声，什么异常也看不出来。桥南说，我哥越来越不行啦，老啦，慈祥啦，想要小孩啦。桥北还是笑眯眯地和鱼头一起组装玩具。

桥南过去踢了桥北屁股一脚，哥！要是这次不流掉，你想要男的还是女的？

芥子紧张得不敢呼吸。可是，桥北笑嘻嘻地说，当然是儿子，不过女儿也不错。我会有一个漂亮的女儿的，芥子会把她打扮得像小天使，对吗？桥北回头看芥子。芥子连连点头。

回去的路上，桥北一句话也没有说。他一直专注地开车，好像车上只有他一个人。芥子感到了巨大的压力，可是，她不知道压力从哪里来，桥北的反应，让她完全不适应，甚至她有点侥幸地推想，桥北也许也根本没有要孩子的思想准备，这事可能就这样过去了。

到家后，芥子洗了就到床上去了，桥北在客厅看大电视，好像在频繁换频道；芥子在卧室看小电视，本来想选个DVD好片子看，又觉得心里毛躁，就没看；桥北一直没进来，也不洗澡，他接了两个电话,大约在十二点的时候,把电视机关了,芥子以为他接下来会进卧室,或者去冲澡。可是,电视声音一停,客厅非常安静。

芥子起床,轻轻走到门口,走到通道口。桥北头枕着两臂,仰面躺在沙发上,眼睛在看天花板。芥子走到他身边,桥北没动,芥子蹲在他身边,开始用手摸桥北的脸、头发。桥北闭上眼睛说,你把孩子流产了?

因为不知道怀孕,上次感冒吃了药,还拍了胸透⋯⋯

芥子看着桥北,有点结结巴巴:他们说这样的孩子不好⋯⋯会畸形⋯⋯长肿瘤,我就⋯⋯

为什么不告诉我?

怕你⋯⋯生气⋯⋯

孩子多大?

四十多天吧。

桥北坐了起来。可你的胸透是两个月前做的。我陪你去的,我记得时间,因为正好接了一个出口大单。

芥子也觉得好像真是两个月前做的。她困惑慌张地看着桥北。

你是故意的,你不想要我的孩子。桥北站起来,走到窗前。芥子跟了过去,她站在桥北的后面。芥子说,我不是故意的,我知道这不好,但我不知道这么严重,我只是⋯⋯

桥北猛然转过身,眼睛喷火:你!你杀我的儿子!

不是这样,我真的不是⋯⋯

芥子第一次看到桥北眼眶里闪出泪光,她自己霎时也禁不住泪水直淌。

桥北一下就恢复了正常。桥北把手搭在芥子的肩头,他不是我的孩子,对吗?

十三

桥北连续八天都没有回来睡觉。他说公司事情太多,因为准备到大连参加一个投洽会。桥北岛外公司里有宿舍,但都是单身公寓,要是午睡,桥北都是睡在自己办公室沙发上。芥子到衣服柜里看了看,也看不出桥北有没有拿走衣服,平时这些都是保姆打理的。

但桥北几乎每天都会打个电话来,简单说一两句。芥子觉得很奇怪,原来桥北也会在电话里简单说一两句什么,听起来特别体贴,现在好像话也差不多,可是,再也没有原来那种感觉。究竟是谁的问题呢?

这期间,芥子碰到谢高两次。一次是谢高到店里视察,芥子跟他笑笑。谢高说,老板,你可真憔悴啦。谢高就走了。芥子天天在镜子里看自己,因为店里到处都是镜子,所以,她倒不觉得自己脸色异常。谢高走后,她悄悄叫过阿标。阿标,芥子坐在一张空椅子上,看着镜子:我最近很瘦吗?

芥子声音很小,阿标声音却很大,阿标说,不是瘦,是气色很不佳。你熬夜太多啦。两个正在焗头发、耳朵又尖的熟客就哧哧笑起来。阿标说,我请你去吃药膳吧,我请客,你买单。我保证挑一份最适合你的。

第二次碰到谢高是在街头大药房门口,人家不卖那么多的安定给芥子。一次只能给四片。芥子讲了一大堆谎言,无人采信。谢高正好就从马路对面过来。他看到了芥子。芥子如见救星。谢高一说，大药房主任就给了芥子一瓶。

桥北离家第九天的早上，芥子手机的短信息响了。她没看，磨磨蹭蹭起来洗漱吃饭，后来就忘了。她也没在店里待多久，照例打的到几个大商场闲逛。桥北这八天不在家，她至少买了四千元左右的衣服和皮鞋。也不知道为什么，就是要买，买。已经有两件，还没到家就送给店里的小妹了。

大约是傍晚的时候，她提着三个购衣袋坐在巴黎春天的咖啡座上。这种设置在商场里夹层的咖啡房，大概专为购物狂休息小憩而设的。电话又响了。是谢高。谢高说，生日快乐。

芥子大吃一惊。谢高怎么知道，而桥北怎么忘了打电话，这两个问题交织在一起，使她脑子混乱，一下子什么也说不出来。最近是有点恍惚，她也忘了自己的生日。

芥子说，我想见你。你来找我好不好？我不给你添麻烦。

谢高说，你在哪呢，我来接你。我开着朋友的车呢。

谢高在巴黎春天的咖啡座上找到芥子时，一边走近一边就看见正看着他的芥子，脸上的泪水成串地跌落下来。谢高快到她面前时，芥子用双手掩住了脸。她非常安静，肩头也不抽动，谢高只看到泪水不断地顺着芥子的手往下流，流到咖啡桌上。

谢高说，到我车里去吧。谢高提起她脚边的购物袋。芥子就掩着脸，低头跟着走了。

早上就给你发了短信，祝你生日快乐。

芥子掏出手机，这才打开短信。芥子说，你怎么知道我生日？

不是让你们填过平安共建表吗？去哪里？

我不想回家。还去茉莉苑吧，不，去茉莉湖划船，我不想吃东西。

不，我要先吃饭，我饿了。在茉莉苑吃了饭，再去划船，万一碰到歹徒，我有点力气总好。芥子通过后视镜，看谢高不像是刺激她，可是，心里还是有点难受，想多了，又有点想哭。谢高非常敏感，他冲着后视镜说，你哭起来真难看。别再哭了。

谢高，你停一下好吗？

谢高瞪着后视镜，又干脆转过头来，看到芥子神色确实异常，就把车靠路边，停下。他转身看着后排座上的芥子。芥子说，抱我一下，好不好？我想有人抱抱我。谢高似乎想从车子中间跨过去，考虑个子太大，他跳下汽车，拉开了后车门。

谢高踏上车，芥子往旁边让了点，谢高抱住了芥子。芥子嘴一撇，终于爆发了。她把脸藏在谢高的怀里，非常失态地号啕大哭。谢高说，小声点好吗？让你哭够了再走。芥子哭得很痛快，把眼泪、清鼻涕擦了谢高胸口一大片。爆发了一分钟，哭声渐渐小了下来，变成一串串轻轻的、呼吸不畅的抽噎。她呜咽着说，桥北……呜……可是……我还是……爱他的啊……

谢高眼神里是我知道的表情，可是他沉默着。

你知道选调生吗？谢高看着车窗外的行人，就是政府组织部门到大学考核后挑选出来的认为品学兼优、具有绝对培养价值的大学生，可以说是凤毛麟角、前程锦绣。我有一个同学，大学毕业时就是作为选调生分配在省公安厅，后来安排他先在一个基层单位锻炼。很多同学非常羡慕，他自己也很珍惜机遇，非常努力。没有多久，责任区群众对他好评很多。在一起追捕网上通缉犯中，他受伤了。手术的时候，辖区很多老百姓自发去看望他。送水果，送土鸡，熬营养粥，因为秩序不良，老百姓和护士还差点吵架。当年度，这个选调生就被评为区人民满意好警察，并记三等功一次。给一个新警察这样的荣誉是很少见的。他真是太走运了。

可是，现在，你想知道这个人怎样了吗？他早就放弃了锦绣仕途，甚至不愿再做警察。

十四

芥子停止了抽泣。谢高拧开一瓶矿泉水，递给了芥子。芥子喝了一小口，将水倒在纸巾上，开始洗脸。谢高默默抽着烟，散漫地看着打开的窗外。

芥子说，后来呢？他为什么要放弃这么好的开始呢？

谢高喝了几口水，似乎有些倦怠。芥子说，你把故事说完，好吗？芥子不想马上出现在餐厅，她不希望有人发现她哭泣过。谢高说，第二年的春末，那个选调生利用一个出差的机会，回老家去看望父母。当时，回程上火车的时候，他穿的是警服。本来非工作场所，大家都不会穿的，可是，那次没带换洗衣服，又嫌家里过去的衣服不好看，就又穿上出差用的警服。后来，他非常后悔。他说，如果那天我不是穿警服，情况肯定就不是那样了。就是说，如果他不是穿着警服，那么他现在还在省厅，肯定早就提拔了。因为起点本来就确实和普通警察不一样。

这个同学穿着警服上了火车。他是中铺。下铺是个好像生病的女人，由上铺的一个大学生模样的女孩在一路照顾她。他对面下铺和中铺，是一对退休的老夫妇，再上铺可能是个生意人。列车的终点站就是省城，晚上十二时到站。大约是晚上十一点左右，我同学坐在靠过道的窗前的翻夹椅上。忽然车厢就骚乱起来，那个同学站了起来，马上就有两个男人挥着刀，直冲他而来，一左一右站在他身边。同学看见车厢一前一后都站着拿马刀的男人，还有三个人挥舞着枪，不知道是真是假的枪。有个女人尖叫了一声，但马上就被什么掐掉似的虎头蛇尾，突然就没了。

有个男声撕裂喉咙似的吼喊，都别动！谁动就打谁！

车厢里顿时鸦雀无声。站在那个同学左右的男人说，小警察，听好了！你不管，大家都好，你敢动，现在就试试！

两把刀都顶在他的腰上。回去后，他看见两侧都刺破了，有点血，但他说当时并不觉得痛。可他不知道他为什么那么快就做出了决定。他说，好，我不动。但是这对母女，还有这对老夫妇都是我们领导的人，我必须完整带他们下车。

两个男人眼珠子交换了一下，一起点头说，行。你坐铺位里边去！

那个同学遵从了。车厢里的人，很多人都在看他，整个车厢安静极了。开始的巨大安静是迫于恐惧和震慑，后来的安静，这个同学明白，是因为期待和困惑。很多人被逼拿出钱后，还频频往他这边看，是的，他们和警察同车，他们有理由感到安全；在受到侵害的时候，他们有理由无法理解。他们不断看我们的同学这边，他们摘下首饰、交出钱包之际，都在往这边看。因为他们以为奇迹总会发生的，就像电影上演的那样。

可是我的同学，一动都没动。车厢像死亡一样安静，脸色惨白的人们就像在哑剧中。他听到咣当咣当的巨大的火车声几乎碾轧了一切。但他自己的心脏，却在耳膜上像击鼓一样地猛烈跳动。歹徒守信了，他们略过了他的上铺下铺，略过了对面的老夫妇，可是，他们照样洗劫了他对面上铺的那个像做生意的中年男子。中年男子的一个不起眼的黑塑料袋中，被歹徒搜出了可能有两万块钱。

那个同学很意外他有那么多钱,但他也没有动。

七八名歹徒动作很快,他们洗劫了除协定保护之外的所有乘客。只有一个有点酒意的乘客,因为配合动作慢,小臂上被划了一刀。

歹徒们在省城站的前一个小站下车,然后迅速消失在夜色中。同学一直站在窗前,他看着恶徒们的背影远去消失。随后,他身后就像发生了大爆炸,哭声、叫骂声、歇斯底里的尖叫声爆起。那个同学始终面对着车外,突然,有人用劲把他推倒了,他不知道是谁,回过头,看见中年男子,也就是那个像生意人的男人,把一个喝了一半的啤酒瓶,猛地摔砸在那个同学头上。血从头上流下来,没有人说什么,只有那个生病的女人有气无力地说,别打他,他只是一个人哪。

他听到非常多的声音:警察!这种见死不救的警察养着干吗!打死他!还有人喊出了警匪一家!说不定就是他勾结的!很多人在喊,有几个妇女把甘蔗段和鸡蛋摔在他身上。很多人围了过来。他们非常冲动,这种情况下,你不可能指望他们冷静。很多人扑了过来。愤怒像火山爆发,人们把财产损失,把所有的愤怒全部转泄到那个同学头上。那个同学事后说,好在空间小,要不打死我我觉得很正常。他们实在还没怎么解恨呢。

我的同学无话可说。他的肋骨被打断了两根,多处软组织挫伤,轻度脑震荡。他咯了很长时间的血。最后是他对面的两个老人哭着跪下来求大家住手,老人说,他们真的都不是我的熟人。

下车的时候,全身的伤痛使那个同学几乎拿不了自己的行李,没有任何人帮助他。应该的,对吗,因为在他们最需要警察帮助的时候,警察却在袖手旁观。他是在人人侧目之下艰难地离开了车站。这一夜,那个同学真是一夜扬名。很多人记住了他的警号,投书报社,投书公安督察,他住院也瞒不了任何人。第三天至少有两家报纸,没有采访他就将此事报道出来。他臭名远扬。他们找到了这个社会正不压邪的原因。

芥子完全被故事吸引了。谢高停下来,默然地看着芥子。芥子等了一会儿,推了他一把,后来呢?

谢高说,你说,如果他们真来采访了我……那个同学,他又能说什么呢?你连你丈夫都不理解,普通群众为什么要理解一个警察呢?对吗?芥子,你也认为他活该,你也一定认为他当时就应该冲上去,和他们拼个鱼死网破。对吗?

芥子摇头。缓缓摇头。你是这样想的。谢高扳正芥子的脸,我知道,你宁愿看到烈士,也不愿意看到你的英雄梦破灭。是啊,你们有理由这样。

会不会……如果你同学动手了,会……带动其他乘客一起抵抗……

有可能,但是,老百姓的损失可能会更大,流血,甚至严重伤亡。你说,作为势单力薄的警察,两害取其轻,是不是更正确的抉择?

后来呢?

后来那个同学快崩溃了。单位虽然没有处分他,但是领导们只愿意在非正式的,甚至私人场合口头肯定他,认为他尽了最大的,也是最理智的努力。此外,局里、厅里的领导,也无法招架媒体的攻势,警方非常被动。唯一令他安慰一些的是,同车的两位老人还有那个女大学生,他们终于主动来做了证明。

他现在在哪里,真的不当警察了?

不知道。但我知道他过得很不好。因为还有更多的,像你这样的人,永远永远都不会原谅他。他的压力太大了,经常彻夜失眠。在那个特定的场合,他知道他对不起很多人,所以,他很想忘了那些事。可是,每天都会有人提醒他,煎熬着他。他想忘也忘不了了。他不愿看到石头底下的东西,可是别人会翻给他看。他只能远离沙漠,逃离那块石头。

那他现在好过了些吗?

我不知道。但我现在想,即使他不当警察了,肯定也过不好,比如,他做了你丈夫。

他真的问心无愧吗?芥子小心翼翼地说。

你说呢?要是你,你问心有愧吗?

十五

芥子站在茉莉苑门口,谢高在拐角钟楼的芒果树下泊车。芥子的电话响了。一看电话是桥北的,芥子有点轻微的紧张。拿着电话,她手指迟疑着按下通话键。她不敢肯定桥北会不会说生日的事,也有点害怕他问她在哪里。所以,接电话的时候,她一直感到口干。桥北说,你在哪?紧接着他说,我回来了,在盲人按摩中心门口。你来放松一下好吗?我来接你。

芥子在干巴巴地吞咽不存在的口水。停好车的谢高正在走近,芥子看着谢高,说,我在……买衣服……吃过了……我过来吧,我打的来……

谢高看定芥子的脸色。在茉莉苑三角梅爬满的门廊外,在那半明半暗的光线中,谢高似乎古怪地笑了一下。转身又走向汽车。芥子跟了过去,芥子在他身后小声说,桥北回来了,你送我到盲人按摩中心好吗？

谢高发动汽车，然后打开了汽车音响。汽车主人听的是《天鹅湖》。两人不再说话。行驶了好一会儿，谢高把音乐调低，说，他是回来陪你过生日的。

芥子不说话，她不愿意说，桥北已经忘了今天是她生日了。他是叫她过去按摩的。他们有年卡，平时两人不定期会过去。看芥子不说话，谢高又把音量调高。再也没有人说话。快到路口的时候，谢高说，要不要送到中心大门口？不方便你就现在下吧。芥子说，方便。我买衣服啊，半路碰到你了。

老远就看到桥北和一个朋友站在按摩中心门口，没有看到他的车，可能在地下停车场。谢高下车的时候说，生日要快乐啊，别做小猴子。

桥北迎上来接过芥子手上的购物袋。他邀请谢高一起上去按摩。谢高说，还有活要做。欠我一次吧。

三个人被领到有六张床的按摩房。桥北点的号，都是中心几个最好的盲人按摩师，每次，他给芥子点的都是93号。93号被人一牵进来，桥北就说，失眠，她最近失眠很厉害。

93号笑了，说，两位好久没来了。你颈椎好点吗？他开始像按一只足球一样，在按芥子的脑袋。

芥子敷衍地说，好点了，手指不怎么发麻了。等会儿请你再帮我牵引一下。

93号经络摸得特别准，可是下手也特别狠，经常把芥子按得哀叫。93号从来不为所动，我不能让你花冤枉钱。93号说，看你这经络都紧结成球了，不想松开它你就别来这保健按摩啊！你花血汗钱，我挣血汗钱才心安。

能说会道心狠手辣的93号盲人师傅，经常逗得桥北哧哧笑。如果，芥子忍不住抬手阻挠按摩师的手，隔壁床的桥北就会伸手抓牢她的手。但是，今天桥北始终闭着眼睛，那个朋友也像睡过去一样，接受一个戴墨镜的老姑娘按摩。按摩房里非常安静，只有低低的背景音乐弥漫如淡雾。是卡朋特的《昨日重现》。

后脑风池穴，被93号按得令芥子疼出薄汗。芥子尽量忍着。这么多年来，桥北好像是第一次忘了芥子的生日。生活确实是发生很大改变了。芥子感到越来越复杂的失落感。这种情绪从桥北离家，就弥漫起来了。是开始害怕失去吗，是害怕不该失去的正在失去吗？今天，芥子又被谢高的故事搅乱了脑子。如果谢高是正确的，桥北就是正确的，对吗？桥北的应急反应，是一个成熟的男人最正常的、最出色的反应，对吗？

桥北和朋友到地下停车场取车，芥子上一层就出了电梯，到左边的大门等候。桥北的汽车开了过来，靠近石阶边。他并没有像往常一样，为提着购物袋的芥子拉开车门。芥子慢吞吞地拉开车门，车门一开，车顶灯就亮了，就在她抬腿跨上去的时候，她左眼角似乎扫到了什么异常的东西，随着车门拉上，车内灯黑了，但空气中有清甜的气息。芥子迟疑了一下，疑惑着又扳开车门扣，借着骤亮的车顶灯，她扭头朝后排座看了一眼——

后排座上，整个后排座上，满满当当，全部是花！是百合花！至少有上百枝的百合花，怒放的、含苞的，绿叶掩映中葱茏蓬勃地一直铺到后车窗台上；雪白的、淡绿着花心的百合丛中，插着几枝鲜红欲滴的大瓣玫瑰。车顶上还顶着好多个粉色氢气球，飘垂着漂亮的带卷的粉黄丝带，每一条丝带上都写着，生日快乐！我的朋友。

芥子在发愣。她慢慢抬手，捧住了自己的脸。这就是钟桥北，永远和别人不一样的钟桥北啊。

桥北倾过身替她把车门关上，随即打开车灯，同时发动了汽车。

你好吗，今天？桥北说，我没有忘记你的生日，可是，我忘了今天是几号。最近这一段，日子过得很恍惚。下午在健身馆，突然在墙上看清了今天是你的好日子。

芥子伸手摸了摸桥北的脸。芥子说，如果你不知道今天是几号，那么，你健身完会回家吗？

桥北扭过脸，看芥子。他没有回答。

芥子说，往左吧。

家在右边方向。但芥子说，芥子轻轻地说，去那个店。我们去过的那个手工店。我想再买两条中国结。

桥北迟疑了好一会儿，说，快十一点了，关门啦。芥子说，不，我知道店主的家就住那上面。我们去敲门。

芥子真的用力在敲人家没关死的卷帘门。戴着眼镜的店主，可能是用遥控器把门打开了。卷帘门才升卷起半人高，芥子就弯腰进去了。站在柜台后面的店主说，不是从下面看到你是女人，我可不开门。要什么吗？

芥子指那种最粗的红缎绳子。芥子说两米四，一米二一条。店主把绳子放在玻璃柜台边沿上刻好的尺度，边量边问，门都要打破了，干吗呢。

桥北笑着，绑住——爱。懂吗？

十六

不是任何人在任何时候都能看到淡绿色的月亮的。那天晚上，桥北载着芥子开往回家途中，芥子躺在后排百合玫瑰的鲜花丛中，透过车窗灰绿色的贴纸，她看到了沿路的路灯，一盏盏都飘拉着青蓝色或者橙色的丝般的长光，把夜空装饰得像北极光世界，去了两盏又迎来了两盏，迤逦的光束不住横飘天际，这个时候，芥子又一次看到了淡绿色的月亮。

红绳子绕过芥子光滑美丽的脖子，慢慢地勾勒一对美丽青春的乳房，在那个雪白细腻的胸口上，红缎带正一环一环、一环一环地盘丝般，构造一个爱之结。

芥子的后背在微微出汗。因为她感到慌张。出汗，是因为害怕让桥北觉察到她的慌张。其实，桥北所有的手势动作和过去一样吧，可是，芥子感到自己的身体和过去，就是不太一样了。因为觉察到不一样，觉察到自己身体对红丝带反应迟钝，心里就更加慌乱了，而身体就更加木然。她被绝望地排斥在情境之外。猴子看到了沙漠石头下的蛇，就晕倒了；猴子不应该有这样的反应，这是错误的，猴子应该快乐地跳跃过去，奔向快乐的远方。身体看到红丝带，也不应该有错误的反应，红丝带是你熟悉的，它不是石头下面的东西，是激情的火苗啊，是燃烧的欲望，它是快乐的远方啊，是平时一步就能到达的仙境，不是吗，你怎么统统忘了呢？

芥子绝望地闭上眼睛。她的脑海中一片黄沙，荒凉无际。她的全身，都变成了干涸绝望的大沙漠。

桥北终于住手，闭上了眼睛。

《收获》2003年第3期

同 居

吴 玄

一

事先，何开来已经知道，他回北京要和一个叫柳岸的女人同居一屋了。何开来多少也是有点兴奋的，和女人同居一屋，这种生活是相当时髦的，至少在北大周围一带，相当普遍，甚至被称为"新同居时代"，好像同居再随便加个新字，就是这个时代的特征，不管你出于什么原因，只要找个异性同居一下，你就可以代表时代了。代表时代其实就这么简单，那么，何开来马上就要成为时代的代表了。

何开来原来和卢少君、陈冬生同住一屋，是个半地下的三居室，一人一间。那屋子因为大半部分在地下，住在下面有点像老鼠之类的穴居动物。但是，像何开来这种人，能够住上这样的屋子也就不错了，而且地理位置很好，就在北大边上，又正对着圆明园，一点也不比住在校内差。何开来并非北大学生，是来北大中文系旁听的,他大概准备当一个作家,就像当年的沈从文。这类人在北大被叫作北大边缘人,北大周围住着的几乎都是这类人,数量极其可观。因为北大与别的大学稍有不同,所有的课堂都可以随便旁听,只要在北大边上租个房子,就可以过上和北大学生差不多的生活了。和他同屋的两个人,却是北大学生,卢少君是计算机专业的博士,陈冬生则还在读大三,他们在校内都有宿舍。卢少君是因为有一大堆的情人,住在校内不太方便,陈冬生住在外面的目的不明,现在他又搬走了,然后柳岸刚好可以住下。

柳岸,何开来是认识的。但是,柳岸住在他的房子里,却跟他没有关系。半年前,他要回南方小城萧市,刚好丁伟问他哪儿还有房子租,他想找个清静的地方写论文,何开来就把房间钥匙交给了他,说,你就在我那儿写吧。但是,丁伟并没有在他的房间写论文,却把他的房间转给了柳岸。何开来在萧市接到了柳岸的电话,柳岸说,猜猜我是谁?何开来正在闹情绪,一点也不想猜,说,我不知道,我不猜。柳岸没趣说,不猜算了,我是柳岸。哦,柳岸,你好。何开来对着电话笑了笑。这个柳岸,他还是记得的,是在任达教授的课堂上,关于鲁迅的讨论,那堂课究竟讨论了些什么,已经模糊了,好像有个女生说,鲁迅对女性也是很好的,鲁迅和女性主义是一个值得研究的课题。何开来觉着这个女生莫名其妙,鲁迅对女性好,就和女性主义有关系?我们在座的这些男人,没准对女性更好呢?就在这时,柳岸抢着发言了,大声说,现在的男人全都精神阳痿。这句话柳岸大概憋得有些时间了,始终没有机会说出来,现在,终于憋不住了,她就抢着发言了,但是,可能是过于激动,也可能是紧张,她的声音高得在课堂里都抖动了,不能算是发言,几乎就是尖叫了。就像是对课堂的一次空袭,她的这句话使课堂静止了好几十秒钟。这个问题,大概不便讨论,而且跟鲁迅好像也没什么关系。任教授立在课堂上,为难地看着静止了的课堂,好一会儿,才想起应当赶紧引导学生讨论别的问题。柳岸坐在最后一排,当时何开来就坐她边上,她这么突兀地尖叫,现在的男人全都精神阳痿,何开来吃惊地转头看她。柳岸因为说了一句这么让人吃惊的话,大约自己也吃惊了,脸上有一层红晕,好像是害羞了。何开来觉得这句话不应该是她说的,她的脸看上去有点儿古典,不像那种什么话都敢说的另类女生。柳岸见何开来看她,干脆也转过了头来。这样,何开来就不能白看,不能不有所表示了,何开来抿着嘴,对她笑了一笑。

柳岸大概把这一笑当作了赞赏。课间休息时,何开来站在走廊上抽烟,柳岸就过来跟他打招呼了,柳岸说,你在读博士?何开来说,不是,我是旁听的。柳岸说,哦,那你是哪儿的?浙江的。浙江的?柳岸高兴地说,我也是浙江的。那我们是同乡了。是啊,是啊。何开来说,刚才,你怎么只说一句就不说了?我?柳岸又红了脸,何开来看着她,又对她笑了一笑。

何开来的笑,其实也不算是赞赏,他只是觉着一个看上去挺斯文的女孩子,突然大叫一声现在的男人全都精神阳痿,非常好笑。所以何开来在电话里听到柳岸的声音,对着电话还笑了笑。柳岸听见何开来笑,说,你笑什么啊。何开来说,没笑什么,很高兴听到你的声音。柳岸说,是吗?你知道我现在住哪儿吗?何开来说,住哪儿?柳岸说,我住在你的房间里。何开来说,可惜了,你在我房间里,我却不知道在哪儿。柳岸说,不开玩笑,我说真的,是丁伟让我来住的,你没意见吧?人家都住进来了,何开来当然只好说没意见。柳岸说,你什么时候回来?何开来说,还没定,你住吧。

何开来想,这个丁伟在干什么?他和柳岸在干什么?何开来想了一下,就懒得想了,反正也就是借用一下他的房间,他们干什么跟他有什么关系。但是,何开来的房间住进了一个女人,卢少君很高兴,他特地打电话里问何开来,是不是女朋友?何开来说,当然是女朋友,否则她怎么会住我的房间?卢少君说,可是,我问过柳岸,她说不是。何开来说,那就不是。卢少君说,你还回来吗?何开来说,回来的。卢少君说,你别回来了,我们跟柳岸同居,比跟你同居有意思多了。卢少君说起同居的语气,好像他跟柳岸不只是同居,而且同床了。何开来说,好的,那我就不回来了。

何开来原打算在家待两个月,结果他在家待了半年,直至三月十七日,才告诉卢少君他要回来了。卢少君说,你还回来呀?何开来说,回来的,我马上就回来了。卢少君说,好,好,回来好,可是……何开来说,可是什么?卢少君说,没什么,没什么,回来再说吧。何开来已经知道陈冬生搬走了,现在那屋里就卢少君和柳岸一男一女,卢少君不欢迎他回来倒也可以理解,如果是他,大概也不欢迎别的男人进来。路上,何开来闲着没事,就在想柳岸和卢少君,卢少君对柳岸肯定是很有兴趣的,他对所有的女人都很有兴趣,况且柳岸比他以前带回来的女人都要漂亮一些。柳岸对他是否有兴趣,他就不清楚了,柳岸是个什么样的女人,他还一无所知,既然她愿意和卢少君同居一屋,应该也是有兴趣的。那么他自己对柳岸是否也有兴趣?何开来认真想了想，觉着这确实是个问题，如果他有兴趣，他和卢少君就成了情敌；如果他没有兴趣，当一个旁观者，看卢少君和柳岸在搞男女关系，那也是很无聊的。何开来突然明白陈冬生为什么要搬走了，一个屋子里是不能有两个男人的。何开来这样想着，觉着自己其实是多余的。但是，也不一定，也许他回来以后，柳岸就对他有兴趣了，他们三人的关系将是这样的，卢少君对柳岸有兴趣，柳岸对他有兴趣，而他，对什么都没有兴趣。

何开来是十八日到京的，进屋以后，才知道卢少君为什么在电话里吞吞吐吐的，原来柳岸把他的房间占为己有了，房间完全变了样，不是他住的时候，只有一张九十厘米宽的铁床和一张破桌子，地上铺了暗红的塑料地毯，中间极其夸张地摆了一张双人席梦思大床，床顶还吊着一只彩纸做的风铃。何开来看着那张大床，疑惑说，这是我的房间？柳岸站在门内，一只手下意识地把着门，好像是把守的意思，红了脸说，对不起，我以为你不回来了。卢少君显然也在帮她，跟着说，真的，我们都以为你不回来了。何开来见他们俩在联手对付他，气得就不知说什么好，只是站着发呆。

这房子最早是何开来租的，他是二房东，卢少君和陈冬生是从他手上转租的，照规矩，他有支配权，只要不高兴，就可以赶他们走。但是，刚回来就赶人，也不像话，而且柳岸又是个女的，男人在女人面前总是要吃亏一些。何开来看看柳岸，叹了口气，想，女人就是厉害，我让你白住半年，也不谢我一声，还把我的房间占了。

柳岸见何开来发呆，不知道他在想什么，但发呆对她没有好处，就说，你先洗澡吧，我替你烧好热水了。

这句话使何开来突然感到了一种温暖,他点点头说,你还是很好的,房间让给你了。

让给我了?

让给你了。

你真好。柳岸的脸就灿烂起来了。

何开来说,我的东西?

柳岸说,在小房间,你的东西一件没少。

小房间还不到六平方米,何开来进去看了一眼,又跑了出来,他的铁床和破桌子扔在里面,早覆盖了厚厚的一层灰,实在不像是可以住人的。柳岸免得他又后悔,赶紧说,你快洗澡,我帮你收拾房间。何开来跑到柳岸房间门口,暧昧地看着那张席梦思双人大床,忽然想起她在课堂里的尖叫,现在的男人全都精神阳痿。何开来嘴角浮着一点笑,突然叫了一声:柳岸。

柳岸吃了一惊,说,嗯。

何开来说,你一个人睡那么一张大床?

柳岸说,我喜欢大床,我不习惯睡单人床。

何开来说,我也喜欢大床,我也不习惯睡单人床。

柳岸说,是吗?

何开来说,其实也不用我让房间,我研究过了,你那张大床足够两个人睡的,我们干脆一起睡得了。

柳岸脸红了,柳岸还是相当害羞的。

卢少君听何开来这么说,也兴奋起来,从房间里跑出来,起哄说,就这样,就这样,这样很好。

柳岸说,去你的。

何开来说,你不愿意跟我睡,你们两个一起睡也行,我没意见。其实,跟谁睡还不一样?不就是睡觉?

卢少君说,这样更好,我也没意见。

柳岸看看卢少君,又看看何开来,眯了眼嘲笑说,这样好是好,可是,你们两个行吗?

何开来没想到柳岸这么勇敢,就不敢看她了,对卢少君低声说,你行吗?

卢少君说,我试试。

何开来说,我也试试,我马上洗澡,洗完澡和柳岸小姐一起睡。

这玩笑一开,何开来的心情好多了。洗澡时,他的想象就像头顶上喷下的水,湿淋淋地将他覆盖了。他立即体验到了和一个女人同居一屋所带来的好处,那好处就是可以想入非非。而且这个女人又是柳岸,柳岸的想象空间显然相当的大。他和柳岸是因为吃惊才认识的,吃惊是一个很好的开头。何开来想,柳岸肯定是很开放的,起码在语言方面是很开放的,什么话都敢说的,和一个什么话都敢说的女人同居一屋,应该是很有意思的。

何开来洗澡这会儿,柳岸把他的小房间收拾了一遍,等他出来,小房间已焕然一新,何开来的心情就更好了些,嬉皮笑脸说,啊,柳岸真好。

卢少君说,好吧,才刚刚开始呢。

何开来说,好,其实,这小房间就不用收拾了,我睡那张大床就行了。

卢少君说,那不行,那张大床是我帮她一起买的,我都没睡,你不能睡。

何开来说,那就你先睡吧。

卢少君说，你把房间让给了她，还是你先睡吧。

柳岸发觉何开来不会跟她争房间了，只不过是贫嘴而已，贫嘴的男人其实很好对付的，柳岸说，你们两个臭男人，去死吧。

柳岸装作生气的样子，躲进了房间，连门也关上了。

卢少君说，不行了吧，演砸了吧。

何开来讨了个没趣，也就进了房间。但是，他还在兴奋之中，一会儿，他又站在了柳岸的房间门口，刚好卢少君出来看见，卢少君说，你站在人家门口干吗？何开来说，当然是想她了。卢少君说，那就进去嘛。何开来说，不进，还是我们聊聊吧。

卢少君对他站在柳岸门口，还是很奇怪，又说，你傻乎乎站在人家门口干吗。

何开来说，我不知道，我的房间太小了，我一走动，就到了她的门口。

卢少君说，这个理由不成立，你是对她有兴趣。

何开来说，是吗？不会吧？

卢少君说，你们原来什么关系？

何开来说，我们？我们没关系。

卢少君说，不会吧，她是因为你的关系才来这儿住的，而且那么大方，连房间也让给她。

何开来说，不是我让她来的，你想，你这个色狼住这儿，我不在的时候，会让一个女人进来住吗？

卢少君嘿嘿笑着。

何开来说，轮到我来问你了，现在，你们是什么关系？

卢少君又嘿嘿笑着。

何开来说，不说？不说就是有关系了，老实说，做爱了没有。

做爱没意思。

这话是柳岸说的，何开来又大吃了一惊。转头看见柳岸站在门口，脸上是一种嘲讽的表情。

何开来说，做爱没意思？那还有什么有意思的？

柳岸说，做爱没意思，做什么都比做爱有意思，做爱非常虚无。

何开来说，你胡说，我怀疑你还是个处女，你根本没做过爱。

柳岸说，你不要这样看不起人，我有男朋友，但是，做爱真的没意思。

何开来说，那是你的男朋友没做好。

柳岸说，我男朋友很好，肯定比你们好。

何开来生气地说，你又没试过，怎么可以这样乱比。

柳岸说，生气了吧，我就知道你们男人，说你们别的不如人可以不生气，说你们那个不如人一定生气。

何开来说，你饶了我，我说不过你，你对男人太了解了。

何开来逃回自己的小房间，躺在床上，目光盯着屋顶，想，柳岸到底是个什么样的女人啊。

二

第二天，何开来起床的时候，跟以往一样，不穿衣服就先上卫生间，这回轮到柳岸吃惊了，柳岸蹲在地上擦地板，一抬头看见何开来只穿着一条裤衩，蒙头蒙脑地经过客厅，就像见到了见不得人的东西，大大地惊叫了一声，弄得何开来把一泡尿也憋了回去。连忙说，对不起，对不起。何开来这才意识到现在是男女同居一屋了，不能不穿衣服就上卫生间的。

何开来穿完衣服，觉得这新同居时代也是很麻烦的，故意在房间里叫，柳岸，我现在可以出来了吗？

柳岸说，只要不是裸体就可以出来，你的裸体一点也不美，我可不想再看了。

何开来说，我不是故意的，我是习惯了，我没有暴露癖。

柳岸说，没有就好，你要是有这样的爱好，我还真怕呢。

何开来说，你那么勤快干吗？一大早起来就擦地板。

还早啊？柳岸看了一下手表说，都十一点啦。

何开来说，十一点啦，那就不早了。不过我前半句说得还是对的，你很勤快。

柳岸说，谢谢。

这时，何开来看见客厅里多了好几件东西，电视机、冰箱和一对沙发，何开来说，这些东西谁搬来的？

柳岸说，我。

何开来说，你？不可能吧，你搬得了那么多东西？

柳岸说，你也太小看人了，我不会叫搬运公司？

何开来说，对，对，可以叫搬运公司，你怎么有那么多东西？

柳岸说，我就有那么多东西，你回来之前，我不敢搬，怕被你赶走，现在看你也像个好人，就搬来了。

何开来说，我像个好人？你肯定看错了，我一点也不像，尤其是看见柳岸小姐的时候，就更不像。

柳岸说，又贫嘴，还不赶快刷牙，刷干净点。

何开来说，那好吧，为了你，我一定刷干净点。

说完这句话，何开来突然有点兴奋，好像他对柳岸确实有了某种兴趣。刚刚起床就对一个女人有兴趣，这种感觉是非常好的，简直比做梦还好。这样，刷牙也就有了目的，而不再是例行公事。洗刷完毕，何开来看见柳岸刚搬来的沙发，就坐了上去，并且随手抄起遥控器打开了电视机，何开来又跷起二郎腿，点了一根烟，摆出最闲适的姿势，开始观看电视。柳岸就像一只勤劳的蜜蜂，拿着一块抹布，在房间的各处忙碌着。柳岸的这个形象，就像一个标准的老婆，这与何开来最初的印象很不一样，她尖叫着现在的男人全都精神阳痿，何开来以为她是时髦的女性主义者，而且是那种极端的仇视男人的女性主义者。看来，女性主义对于柳岸，大概也就是一张标签，她热衷的其实还是做一个家庭妇女。现在，拿着抹布擦地的柳岸，也许才是真实的柳岸。一个家庭妇女比一个女性主义者，当然更受何开来欢迎，一个家庭妇女在劳动的时候，他可以跷着二郎腿抽烟，若是一个女性主义者，事情恐怕就要倒过来了。何开来想，柳岸是很好的，虽然对她还一无所知，但她还是很好的。柳岸的到来，几乎改变了一切，原来他和卢少君、陈冬生三条光棍住在一起，到处都是灰尘，根本就不像是有人住的房间，而柳岸一来，这儿就像一个家了，柳岸制造了一个家的幻觉。也许家的幻觉比真正的家更好。在家里，老婆就是老婆，性是固定的，伸手可及的，没有意思的，而在这儿，性是不可捉摸的，不可捉摸的东西当然诱人了，现在，何开来觉得对性也有了一点兴趣。

就在何开来对性有了一点兴趣时，柳岸叫他了。柳岸看了一眼何开来的房间,出来说,能不能跟你商量一件事情?

何开来说,可以,当然可以。

柳岸说,你把你的房间也铺上地毯。

何开来说,好的。不过,我现在坐着很舒服,不想动。

柳岸说,不行,现在就去,我陪你。

何开来说,你陪我?那好,现在就去。

柳岸说,其实,你的房间铺不铺地毯,跟我没关系,但是,我是个完美主义者,你的房间没铺上地毯,我看了就不舒服。

何开来说,我的房间铺不铺地毯,其实跟我也没关系,但是,柳岸小姐看了不舒服,我就必须铺上地毯。

柳岸说,你确实贫嘴,卢少君比你好,他跟我说话从来都是严肃的。

何开来说,那不叫严肃,那叫假正经。

柳岸看了看何开来,很有原则地说,我不喜欢你在背后说人坏话。

何开来说,你别那么严肃,我没说人坏话,我是说着玩的,我和卢少君,我们的关系挺好的。

柳岸说,那就好,我觉得我们三个人住在一起,就应该像一家人。

何开来说,对,一家人,你是老婆,我和卢少君……怎么办呢?……还是轮流做老公吧,这样公平。

柳岸抗议说,何开来,你再这样胡说,我不跟你说话了。

何开来不解地说,你昨天还是什么话都敢说的,今天怎么这么淑女了?

柳岸说,我本来就是淑女,都是你逼的,你们男人总是喜欢

105

使用语言暴力，我是以暴抗暴。

何开来说，那么，我们以后不再使用语言暴力，我们使用最抒情的语言，我们说话一律以"亲爱的"开头。

柳岸忍着笑说，你臭美，谁跟你亲爱的。

一起买了塑料地毯，铺上，两个人都相当满意。那种满意的感觉，何开来很快就从房间转到了柳岸身上，他再次觉着柳岸确实是不错的。接着柳岸又问了一句相当温暖的话，你饿了吧？何开来说，本来是应该饿了，但是和柳岸在一起就不饿，秀色可餐啊。柳岸说，你一个人在这儿贫吧，我可吃饭去了。何开来说，那不行，你一走，我就饿了，我们一起吃饭吧，我请你。柳岸说，你干吗要请我，给一个理由。何开来说，请你吃饭也要理由，真啰唆，那就你请我吧，我不需要理由。柳岸说，我不请你，没理由。何开来说，走吧，吃完饭我给你一百个理由。

何开来和柳岸讨论了一下，决定去校内的淮扬轩吃饭。进了小东门，前面就是未名湖了。看见未名湖，何开来无端地就有些兴奋，眼前也亮了，跟柳岸说，三年前，我来这儿逛了一圈，就不想走了。柳岸说，为什么？喜欢嘛。一待就三年？三年。一直在旁听？在旁听。那你靠什么生活？替书商做书，一年做三本就够了。柳岸睁大了眼睛，简直不相信一年可以做三本书。何开来说，是做书，不是写书，做书就是把人家的东西拿来再倒腾一遍，做得不那么像是剽窃就行了。柳岸又不相信地说，有这种事？何开来说，大家都这么做，你怎么不知道？柳岸不知道书原来可以这么做，好像是有点惭愧，就不说了。何开来见她沉默，似乎有点不对，就解释说，你是不是觉得我替书商做这种事情，很下流？其实我也觉得自己很下流，就跟妓女似的。柳岸听他把自己比作妓女,瞟了他一眼,不以为然地说,你这个比喻不准确,我认为妓女并不下流,妓女哪有你下流哇。何开来说,对,对,我比妓女下流,我是妓女的领导。说着何开来又叹了一口气,唉,跟你们这些女性主义者说话真累,我一不小心,随便打了个比喻,就犯错误了。柳岸说,你们这些臭男人,不拿女人当比喻,就不会犯错了。何开来说,对,对。你对语言很敏感,你是语言学专业的?柳岸没有马上回答,而是想了一会儿,说,不是。这一想,对话就停顿了,何开来不懂,柳岸为什么要想一会儿,而不是马上回答,这种问题有什么好想的,这就说明柳岸想的不是这个问题,而是别的什么东西。柳岸究竟想的是什么,何开来不知道,但他觉得在根本不需要想的地方,柳岸却要想一想,也是很有个性的。何开来又发现他和柳岸说话,一直是在胡说八道,其实,他连柳岸最基本的情况也不知道,比如她是学什么的,她读几年级,或者她也是旁听的。何开来觉得他对柳岸肯定是有兴趣了,连她说话中间的一个停顿,他都注意了,柳岸最基本的一些情况,他是应该了解的。

柳岸只说她不是语言学专业的,没有接着说她是什么专业的。柳岸似乎不太愿意说她的专业,但何开来还是想知道,这个问题,何开来在淮扬轩坐下后又问了一遍,柳岸还是想了一想,才说,中文的。何开来发觉柳岸说的时候,脸上掠过一丝的不安,似乎她对自己的中文专业有点自卑,但那丝不安只在脸上停留了瞬间,很快就消失了。何开来又问现在读几年级?柳岸说,研一。何开来知道了她是正式学生,心里就有几分羡慕,但又不能表现出来,作为一个北大边缘人,面对正式的学生,尤其是女生,是要装一装的,譬如装作才华横溢的样子,北大的学生向来以才华论人，而不重名分，你才华横溢，虽然是旁听的，也照样可以获得尊重，没准还会爱上你。何开来应该立即跟柳岸谈谈他在文学方面的天才，他在写某某三部曲，准备二十年后获诺贝尔奖，而不只是替书商当枪手。如果这样，也许柳岸就得对他刮目相看了，但是何开来明显犯了一个错误，或者说太老实了点，最终还是以玩笑的方式表达了他的羡慕。何开来说，我要崇拜你了，能考上北大研究生多难啊。柳岸谦虚地说，我是瞎考的，没想到还考上了。何开来说，跟你同居一屋，非常荣幸。但是，就我了解，你们女生不住校内，租到外面都是因为男朋友，你是不是也要带一个男朋友进来。柳岸说，没有，我的男朋友在法国，在巴黎大学当教授。何开来高兴地说，那就好，那就好，要是你每天带个男朋友回来，让我和卢少君干瞪眼，还真有点痛苦。柳岸说，说好了，我不带男朋友，你们也不要带女朋友回来。何开来说，我没问题，我没有女朋友，卢少君……何开来刚想说卢少君有一大堆的女朋友，他不带女朋友回来是不可能的。但一想卢少君和她已同居了几个月，没准有了什么关系，在背后捅他的隐私，是不道德的，就忍回去不说了。柳岸说，我跟卢少君说好的，他不带女朋友回来。何开来说，好，好，这样很好，这样我们三人内部解决。柳岸忽然很严肃地注视着何开来，又端起啤酒喝了一口，说，我能问你一个问题吗？何开来说，说吧。柳岸说，你在这儿三年，一直没有女朋友？何开来说，没有。柳岸不可思议地看着何开来，说，那你的性生活怎么解决？何开来也不可思议地看着柳岸，不想她会问这种问题，这种事男人之间倒是经常讨论的，但何开来从未遇见过女人问他性生活怎样解决。何开来的表情就很有些滑稽，说，啊，哈，没法解决，这……确实是个问题。柳岸端着酒杯,又喝了一口,好像在欣赏何开来脸部丰富的变化。柳岸说,你原来还是蛮纯洁的。何开来觉得柳岸这句话带着嘲弄的意味,反击说,现在好了,现在有你,我就有希望了,反正你的男朋友远在法国,跟没有也差不多。柳岸说,不过,我还是不相信,你这么油嘴滑舌,怎么会没有女朋友,你还是蛮讨女人喜欢的。

就是说柳岸有点喜欢何开来,这意思应该是相当清楚的。如果何开来聪明一点,吃了饭,一起回房间,或许一场恋爱就开始了。但是,何开来坚持要去听课,问柳岸,下午都有什么课。柳岸不屑地说,不知道。那些烂课,有什么好听的,你听了三年还不够?何开来说,不听白不听,我是学术消费。柳岸说,那我就陪你消费一次吧。

他俩去中文系的广告栏看了一遍,何开来见下午有个讲座,死亡研究,说,我们去听死亡研究。柳岸立即引用孔子的话说,死亡有什么可研究的,不知生,焉知死。何开来说,听听吧,这种研究挺好玩的,没准听完以后,你就死不了了。

进了教室,死亡研究已经开始了,好像对死亡感兴趣的人并不多,有三分之一的座位空着。何开来和柳岸在后排坐下,讲课的是一个老学者,见何开来和柳岸进来,停了一下,又开始说,大家都知道,人活着其实就是为了等死,我记得小时候,我九十二岁的姨妈总是在重复一句话,我为什么还不死……柳岸对死亡确实一点兴趣也没有,当老学者说到死亡在古代是积极的、正确的,十八世纪以后死亡就成了个人的、错误的了,二十世纪以后,死亡是匿名的、无名的,早期的死亡是美丽的,现在不是了,现代人根本不敢面对死亡。柳岸趴在桌上睡着了,头发覆盖了脸部,那样子好像是献给死亡研究的一件祭品。后来老学者又说,很多德国人认为,死亡是一种睡觉。何开来看着柳岸,就想笑。柳岸大概睡得并不深,也听见了,愠怒地抬了抬头,拉起何开来就往外走。

这个老头,居然在我睡觉的时候,说死亡是一种睡觉,气死我了。

何开来看着愠怒的柳岸,说,就是,死亡肯定不是一种睡觉,柳岸趴在桌上睡觉多可爱,死亡有这么可爱吗?

这时,柳岸的手机响了,柳岸一边掏手机,一边下意识地退开几步,并且转了一个身,好像她有什么秘密,不想让何开来听见。柳岸的这些动作,突然间把他们的距离拉开了,何开来站在那儿,看着柳岸的后背,觉着和她其实还是很陌生的。如果柳岸接电话时不是躲着他,事情又怎么样?何开来想,大概也不怎么样。等柳岸接完电话,说有点事情,何开来说,你忙吧。

何开来那种因为和柳岸同居一室而引起的兴奋感,消失了。

三

何开来很快就发现,柳岸和卢少君比和他要亲热得多。他们几乎就是一家人了。卢少君的衣服都是柳岸洗的,卢少君的房间也是柳岸收拾的,卢少君的房间本来乱糟糟的,柳岸来了之后,就变得井井有条了。卢少君找不到东西,经常得问柳岸,柳岸就像训斥老公那样训斥卢少君,你看,你看,你这是什么驴记性,没有我,你快要连自己都找不到了。卢少君说,还不是你放的。柳岸说,你这个没良心的,我帮你整理,倒怪起我来了。卢少君就呵呵地傻笑,很幸福的样子。

何开来听他们说话，觉着自己是个多余的第三者，说实在的，那感觉不太好，但也没办法，三个人同居一室，有一个人多余是正常的。柳岸洗衣服的时候，偶尔也问何开来，要不要帮你洗衣服。何开来说，不要，不好意思。柳岸说，没关系的，卢少君的衣服都是我洗的，连短裤也是我洗的。何开来不懂柳岸为什么要特别强调连短裤也是她洗的，是不是想说明他们的关系进入了短裤的层面。何开来说，我们男人的短裤有秘密，不好意思让你洗。柳岸笑了笑，就再也不说帮他洗衣服了。

柳岸和卢少君到底有没有关系，何开来其实是不清楚的。不过，柳岸肯定影响了他的生活，包括他的性生活。柳岸搬来之前，卢少君每个星期总要带回几个女人过夜，那些女人成分极其复杂，有老同学、老情人，有丑得嫁不出去的女博士、在酒吧刚认识的身份不明的女人以及网上从未见面的陌生女人，年龄在二十岁至四十岁不等，好像每次带回来的女人都是不一样的，何开来一直没搞清楚他究竟带回了多少个女人。卢少君这一点，何开来和陈冬生都很佩服，同时又很鄙夷，因为卢少君带回来的女人，大多丑得让人不敢多看一眼。但是，有了柳岸，就不见卢少君带女人回来过夜了。何开来想，他和柳岸应该是有问题，既然他们已经有问题，何开来对柳岸就比较冷漠。再说，柳岸也不是何开来喜欢的那种女人，柳岸学的是文学专业，应该和何开来有一些共同语言，可是柳岸从来不谈文学，弄得何开来想谈点文学也不能。柳岸是个很奇怪的人，至少在何开来看来是个很奇怪的人。她基本上不去上课，却很喜欢干家务活，好像干家务活比上课有意思得多，这同她的女性主义腔调是很不相称的。何开来说，你怎么都不去上课。柳岸懒洋洋地说，不想上，我一点也不想读研，我想我们是颠倒了，我这个研究生应该由你来读。她这句话似乎有点歧视旁听生的意思，何开来就懒得说了。何开来觉得她一点也不像中文系的研究生，倒是蛮像卢少君的陪读夫人，帮他收拾房间，洗洗衣服，无聊了就上网或去附近的酒吧坐坐。

何开来以为她并不知道卢少君有很多女人，但实际上，柳岸比他知道得还多，那天，柳岸刚洗了澡，心情很舒畅，又问何开来，你真的没有女朋友？

何开来说，没有。

你和卢少君两个都不正常，他有那么多女朋友，而你一个也没有，你们两个一个性亢奋，一个性冷漠。

是吗？你怎么知道他有那么多女朋友？

他自己告诉我的。

卢少君对你很好，连有几个女朋友都告诉你。

我刚住进来时，他经常带女朋友回来，后来就不带了。

后来有你，不用带了。

柳岸大声说，何开来，你是不是怀疑我和卢少君有关系？

何开来说，我没怀疑，你这么大声干吗？有关系又不是什么坏事。

你还是怀疑我们有关系，我觉得有关系不好，不过，卢少君倒是很信任我的，他什么话都跟我说，他说，他只是喜欢和女人睡在一起，但是，并不喜欢做爱。

何开来高兴地说，那不就是说他是性无能吗？

我没有这样说，我也认为男人和女人睡在一起，不一定要做爱，做爱确实很虚无的。

这话我听你说过，看来，你确实是有感而发，你和卢少君算得上是知音了，连做爱的态度都一样。

何开来想，你们睡在一起，做不做爱，跟我有什么关系。

柳岸说，卢少君的性生活我了解了，现在，谈谈你的性生活。

何开来为难说，这个问题不太好谈，你怎么喜欢谈这些？

我喜欢探究人的内心，我的导师说，要了解人的内心，首先要了解他的性生活。

你的导师是弗洛伊德吧。

不是，弗洛伊德是谁？

别装傻，你不知道弗洛伊德？

我真的不知道，弗洛伊德是谁？

何开来见她不是装傻，而是真的不知道，觉得很好笑，说，不知道算了，一个犹太人。

犹太人怎么可能是我的导师。

有可能的，他在北大中文系当兼职教授呢。

犹太人没意思，还是谈谈你的性生活吧。

我没有女朋友，哪有性生活，要么这样，我们先过一次性生活，然后我跟你谈谈体会。

这个建议柳岸没有接受，后来，柳岸又谈起了卢少君的老婆，说，他老婆也是个博士。

你见过他老婆没有？

没有。

以前没来过？

好像没有。

下星期她要来了。

那你得小心了。

我干吗要小心？我跟他又没关系。

他老婆可以怀疑你们有关系。

柳岸天真地说，是吗？

何开来肯定地说，是的。

那我不惨了？

有一个办法可以让他老婆不怀疑。

什么办法？

他老婆来的时候，卢少君和他老婆睡，你嘛，就和我睡。

何开来，别老拿我开玩笑，好不好？

卢少君的老婆果然来了，出乎意料，她长得并不丑，和柳岸站在一起，甚至把柳岸也比下去了，柳岸虽然年轻，但卢少君的老婆更有学院派女性的气质。何开来就有点不懂，既然卢少君有了一个这么漂亮的老婆，为什么还对那么多的丑女感兴趣，是不是因为老婆漂亮，漂亮对他就没有意义了。

柳岸见了卢少君的老婆，异常热情，她叫她嫂子，好像卢少君是她哥哥。柳岸说，嫂子，卢少君经常在我们面前夸你怎么怎么漂亮，我们说他吹牛，哪有女博士是漂亮的，见了才知道，原来你比卢少君说的还漂亮。

卢少君的老婆被恭维得不知怎么回答，其实，柳岸是在说谎，卢少君在他们面前，从来不提老婆，好像他是没有老婆的。

柳岸又对卢少君说，你好好陪嫂子，我来做饭。

卢少君的老婆说，还是去食堂吃，自己做饭太麻烦了。

柳岸说，不麻烦，我很喜欢做饭的。

说着，柳岸就叫何开来陪她去买菜。何开来想，你真的拿我当掩护了。何开来迟疑了一下，还是陪了。

路上，何开来说，陪你买菜没用的，陪你睡觉才有用。

柳岸说，闭上你的臭嘴。

买了菜回来，柳岸又让何开来给她当下手，何开来最讨厌厨房，就觉着有点痛苦了，而且柳岸还不满意，不停地骂他笨手笨脚，那种骂又有些亲热的意思，大概是骂给卢少君的老婆听的，以示她和何开来的关系不太一般。

何开来在厨房间享受了半个小时不太一般的待遇，又被差去买酒，等买了酒回来，柳岸的菜也烧好了。柳岸就像是这个家庭的女主人，笑盈盈地恭请卢少君和他的老婆品尝她的手艺，大家赞美一番她烧的菜如何好吃后，卢少君举着酒杯，代表老婆感谢柳岸和何开来，柳岸也举着酒杯，代表何开来欢迎卢少君的老婆。这样，四个人就分成了两对，卢少君和他的老婆，柳岸和何开来，卢少君似乎完全摆脱了他和柳岸的嫌疑，柳岸和他是没关系的，柳岸和何开来有关系。何开来忽然很奇怪，他为什么要帮卢少君和柳岸骗他的老婆？他看了看卢少君的老婆，又看了看柳岸，不知所以地笑了笑。柳岸说，你笑什么？何开来赶紧说，没笑什么，没笑什么。柳岸说，你就是喜欢笑，我第一次看到你，你也是笑了笑，你是一只不怀好意的笑面虎。何开来说，是的，是的。

柳岸的热情好像还没有挥发完，饭后，又开始清扫房间，先是清扫了厨房，然后拿拖把拖了一遍客厅，然后用抹布擦了一遍自己的房间，然后走进卢少君的房间，帮他擦地。卢少君的老婆连忙说，我来擦，我来擦，怎么可以让你擦呢。柳岸说，没关系的，房间的卫生都是我干的。卢少君的老婆说，怎么可以让你干，你又不是他们雇的保姆。柳岸说，男人懒，我不干房间就很脏，你没见过原来他们三个男人住的时候，有多脏。卢少君的老婆说，怪不得卢少君的房间这么干净，真是谢谢你了。柳岸说，哪里话，既然住在一起，就应该互相照应。卢少君的老婆就和柳岸争抹布，但是柳岸不让，卢少君的老婆只好走出了房间。

卢少君的老婆站在客厅里，看着柳岸在房间里干活，很有些不自在。后来证明，柳岸在卢少君老婆在的时候，跑到他房间，帮他擦地，是很愚蠢的一个举动。当然，柳岸也有可能是故意的。卢少君的老婆似乎有一种自己的领地被别人侵占的感觉，她走到了柳岸的房间门口，朝里面看了好一会儿，目光很警觉地停留在她那张双人席梦思大床上。卢少君的老婆又想了好一会儿，大概在想这句话该不该说，末了，还是说了，是故作轻松说的。

卢少君的老婆说，柳岸，我发现你确实很会过生活。

柳岸说，是吗？

卢少君的老婆说，你的床也特别大特别舒服。

是的，是的。柳岸说着，好像忘记了什么，隔了好一会儿，补充说，哦，对了，我们可以换一下房间，你和卢少君睡我的大床，我睡卢少君的小床。

卢少君的老婆不好意思说，床怎么可以随便换？

柳岸说，只要你不介意，我无所谓的。

卢少君的老婆摇头说，不可以，不可以。

既然卢少君的老婆不愿接受她的好意，柳岸也就算了。擦完地，柳岸洗了澡，换了衣服，来到何开来房间，对他大有深意地眨了几眼，何开来正不懂她什么意思，柳岸朝卢少君的房间说，嫂子，你和卢少君早点休息，我跟何开来出去走走。说着，也不经何开来同意，拉了他就往外走。

何开来说，你这是干吗？

柳岸说，我们回避，让他们好好做爱呀。

何开来说，嘿嘿，你还想得挺周到的。

柳岸说，我们去雕刻时光坐坐。

雕刻时光是一个酒吧，就在前面的小巷内。从房间到酒吧，沿墙一带是暗路，在暗中，柳岸忽然靠近了何开来，并且紧紧抓住了他的手，何开来几乎可以感觉到她的心跳了。何开来想，我是替你们做掩护的，怎么好像要来真的。何开来被抓着手，有点不习惯，说，你害怕？柳岸说，抓一下手不行吗？何开来说，你想抓，当然也可以，可是我的手不是你想抓的，只是临时替代品吧。柳岸说，不一定，抓着你的手也蛮好的。

柳岸显然是雕刻时光的常客，服务生都认识，见了她，立即把她引到了后面一个隐蔽的座位，大概是她的专座。柳岸说，两扎啤酒。何开来一点也不想喝啤酒，想要点别的什么，但柳岸一定要他喝啤酒，何开来也只好陪她喝啤酒了。

柳岸喝啤酒的功夫相当不错，不一会儿又要了一扎。喝了酒，柳岸好像完全放松了，双手支着下巴，目光也放肆起来，盯着何开来看。

何开来说，你这样看我干吗？

柳岸说，我在研究你想什么。

何开来说，我什么也没想，只是陪你喝酒。

柳岸忽然掏出手机，何开来以为她要找什么人，很高兴地想，你快找吧，那样我就解放了。但是，柳岸很神秘地说，给你念个段子。

何开来说，念吧。

柳岸就念，饥渴的我，无法抗拒你的诱惑，跟你亲密接触时，你令我产生了阵阵无法言表的快感，感觉地球在旋转，很想和你大干一场，又怕将肚子搞大……啊，亲爱的啤酒。

柳岸念完，自己就笑个没完，大概是非常好笑，笑得胸部都抖了，何开来说，很好，很好，怪不得我不喜欢啤酒，原来啤酒是男的。

柳岸说，很搞笑吧？

何开来说，很搞笑。

后来，柳岸就把自己喝醉了，喝醉了的柳岸又想起卢少君的老婆，柳岸说，你觉得卢少君的老婆怎么样？

何开来说，别人的老婆，我没感觉。

柳岸说，我真伟大。

何开来说，是的。

柳岸说，我把自己的床都让给他们做爱。

何开来说，是的。

柳岸说，他们在我的床上做爱，我没地方睡了。

何开来强迫柳岸回来的时候，柳岸还在胡言乱语，她的身体被啤酒泡软了，何开来几乎是拖着她回来的，拖到房间，额上都冒汗了。这样拖着柳岸，何开来的身体应该也产生一点感觉的，硬了或者软了，但是，没有，除了额上冒汗，什么也没有，何开来就觉得很无聊。何开来想，柳岸，卢少君，卢少君的老婆。何开来倒过来又想了一遍，卢少君的老婆，卢少君，柳岸。这跟我有什么关系？何开来自言自语。

卢少君的老婆大概是来侦察的，侦察的结果显然相当危险。

卢少君不久就被迫搬回了学校住，就是说他的老婆不允许他在外面男女同居。卢少君离开时，表情很有些晦涩，就跟托孤似的，跟何开来说，柳岸以后就归你一个人了。何开来说，柳岸还是你的，我替你当看守，不允许别的男人进来。卢少君说，柳岸不错的，你又没有老婆，应该好好考虑。何开来狠狠敲了敲卢少君的肩膀，说，妈的，你的女人，给我当老婆，像话吗？卢少君一本正经说，不要乱讲，我和柳岸真的没有一点关系。

卢少君搬走，何开来还是高兴的，因为他可以搬进他的房间住。柳岸对卢少君这样被老婆逼走，很有点不屑，同时又深为自己感到委屈。

柳岸说，他老婆真的怀疑我。

何开来说，那当然。

柳岸说，那当然？

何开来说，她不怀疑你，难道怀疑我吗？

柳岸说，他老婆应该感谢我才对，卢少君是跟我同住一屋才不乱搞的。

何开来说，是的。

柳岸说，你知道卢少君为什么乱搞吗？

何开来说，不知道。

柳岸说，他是因为怕老婆才乱搞的。

何开来说，是吗？

柳岸说，他老婆外表斯文，其实是个虐待狂，一生气就拿针扎他，卢少君说，他害怕和老婆做爱。

何开来说，卢少君连这种秘密也告诉你？

柳岸得意地说，他需要倾诉，我是他倾诉的对象。

何开来说，那你就是圣母了。

四

其实，三个人同居一室，是一个社会，两个人同居一室，才是同居，卢少君走后，何开来的同居生活才刚刚开始。

柳岸似乎把他当作了另一个卢少君。第二天，何开来还在睡觉，柳岸就来敲门，何开来睡意蒙眬地说，干吗？柳岸说，打扫房间。何开来说，我还在睡觉，我不扫。柳岸说，不是你扫，是我来扫。何开来说，我要睡觉，我不要你扫。你这头猪，我偏不让你睡。柳岸就使劲敲门，何开来只得起来开门，然后又快速躲回被窝，虽然何开来的动作很快了，但柳岸还是看见了他光着的大腿。好在柳岸已经不在乎他穿不穿衣服，还笑眯眯地要掀他的被子，何开来捂着被子，赶紧说，不，不，不能这样。

何开来一时还不适应和柳岸这么亲近，柳岸擦完地板，并没有离开的意思，这儿看看，那儿看看，好像在找什么。何开来探着脑袋说，很干净了，你在找什么，找灰尘吗？柳岸说，我找衣服，你有什么衣服要洗。何开来说，没有，没有。柳岸说，我可不喜欢你那么脏。柳岸把堆在椅子上的衣服一件一件提起来看，然后也不问何开来，就拿走了。

柳岸的这些动作，把她和何开来的关系搞得有点儿暧昧。这样不好，一点也不好。何开来坐在床上想，两个人，一男一女，同住一屋，应该什么关系也没有。这是一项原则。这项原则是刚刚想起的，但一经想起就是一项原则了。何开来觉得他和柳岸之间必须有点儿距离，可是这距离似乎突然间消失了，何开来想了半天，才发现是少了卢少君，原来他和柳岸之间隔着卢少君，现在卢少君搬走了，他搬进了卢少君的房间，他变成了卢少君。

柳岸帮他擦地、洗衣服，然后，似乎就自动获得了一种控制何开来的权力。首先是他必须九点钟起床，何开来向来是十一点才起床的，九点就被柳岸叫醒，一天都昏昏欲睡。何开来说，你饶了我吧。柳岸说，不行，男人不能睡懒觉，男人睡懒觉要阳痿的。何开来说，我宁可阳痿，你让我睡吧。但是，柳岸就是不让他睡。其次是要求何开来每天换洗内衣，这件事虽不太难，但也容易忘记，有时何开来已经在外面了，会突然收到柳岸的短信息：你又忘了换内衣！！！柳岸一连用三个感叹号表示她的不满，回来一定还要挨她的训斥。第三是柳岸严重关注他和异性之间的交往，何开来和一个叫李青的女人常通电话，聊一些不着边际的废话。柳岸一点也不掩饰她的严重关注，她是哪儿的？她漂亮吗？你们是什么关系？甚至直截了当问你们有没有性关系？柳岸问这样的问题，毫无心理障碍，脸上总是堆着笑，弄得何开来若是不说实话，就对不起她似的。何开来说，你问这些干什么？柳岸说，我只是好奇，你不想说就算了。此后，何开来就不敢当着柳岸的面，给女人打电话，怕她又来问你们有没有性关系。

柳岸大概是在扮演一个妻子的角色，至于丈夫，先是卢少君，现在是何开来，就是说，丈夫是谁，并不太重要，重要的是她在做一个妻子。作为一个妻子，柳岸也算得上是个不错的妻子，但何开来实在不懂，她不好好做一个研究生，而热衷于做一个妻子，柳岸肯定是有毛病。何开来想，她会不会有进一步的要求，譬如做爱，作为丈夫，何开来是有做爱的任务的，好在柳岸说过做爱很虚无，她不喜欢做爱，如果她喜欢做爱，以柳岸的性格，她大概会主动要求的，万一柳岸要求做爱，怎么办呢？何开来觉得这是个问题,他一点也不想做卢少君的替代品,无论如何,他和柳岸是不能做爱的。

直到现在,何开来对柳岸的印象其实还是不错的。若不是丁伟告诉他,柳岸不是研究生,而是旁听的,何开来还以为她是个有点怪异的另类女生。

本来,何开来回到北京,第一个要见的人就是丁伟,但丁伟在他回京之前,就去广州实习了。这几日刚回来,何开来见到丁伟,立即把他和柳岸同居一屋的情况汇报了一遍。丁伟说,好哇,好哇,你们上床了没有?何开来说,没有。丁伟说,你真傻,她都把你当老公了,还不赶紧上。何开来说,看来,你们没有关系,我还以为你们有关系呢。丁伟说,有关系,你也可以上的。何开来说,你就这样糟蹋你的同学?丁伟说,同学?她不是同学。何开来说,不是同学?怎么不是同学?丁伟说,她是旁听的。何开来就迷惑地看着丁伟,可是柳岸说她是中文系的研究生,她还瞧不起我这个旁听的。丁伟又肯定说,她是旁听的。我和她是在东门的酒吧认识的,她说,她参观了北大,北大真好,在北大读书真好,我说,你想在北大读书,很方便的,你来旁听就是了。然后她就来旁听了。何开来说,这就对了,怪不得我总觉得她不像一个研究生。

在食堂吃了饭,丁伟建议去看看柳岸,何开来轻蔑地说,一个假冒伪劣产品,有什么好看的。丁伟说,你好像很生气?何开来说,她骗了我。丁伟说,不就是假冒一下研究生,她是个女人,肯定不是假的,我们去看女人。何开来想想也是,柳岸是研究生还是旁听生,跟他有什么关系,况且柳岸也不是想骗他,她想骗的人应该是卢少君,只不过顺便也骗骗他而已。何开来这么一想，就想通了，转而跟丁伟说，你见了柳岸，可不要揭穿，否则她就没法跟我同住下去了。丁伟说，那当然，看来，你还是很想跟她同居的。何开来说，是吗？是吗？

柳岸不在房间，手机也关了。丁伟说，她在听课？何开来说，不可能，她从来不听课。丁伟说，那她待在这儿干什么？何开来说，不知道。丁伟没看见女人，有点不甘心，就一直在等，但是过了十点，柳岸还没回来，丁伟很失落地骂了一句脏话，就回去了。

柳岸到了半夜一点才回来。这个时间，对何开来也不算晚，他还在看电视，所以柳岸这个时间回来，他也没有任何感觉，他继续在看电视，连头也不抬一下。

柳岸说，你还没睡？

何开来顺口说，等你呀，你没回来，我哪敢睡。

柳岸说，这话我还是蛮喜欢听的。

何开来是说着玩的，但柳岸的口气却很正经，何开来就没法再胡说了，抬头看了看柳岸，发觉她的脸竟异常伤感，其中又混杂着疲惫和兴奋。何开来说，你怎么了？

累死了。柳岸吐了一口长气，在另一张沙发坐下，又重复说，累死了。

何开来应该问她为什么累死了，但何开来什么也没问，他握着遥控器连续换了三个频道。

柳岸莫名地就有一股怨气，说，何开来，你一点也不懂得关心人。

何开来又换了一个频道，说，对不起，你要我干什么吗？

柳岸说，我不要你干什么，你也不关心一下我晚上去哪儿了？

何开来说，嗯，你晚上去哪儿了？

柳岸说，我的法国男朋友回来了，住在昆仑饭店，我去看他了。

何开来说，好啊，难怪连手机也关了。

柳岸说，你找我了？

丁伟来看你了，等了很久。何开来说着，突然像贼似的朝柳岸偷看了一眼。

柳岸对丁伟似乎毫无反应，说，你这样看我干吗？

何开来说，没干吗。

柳岸说，是不是怀疑我和男朋友……

何开来说，是啊，男朋友来了，而且是从法国回来，也不陪他过夜，还回来干吗？

我们是有爱无缘。柳岸说了就拿双手遮住脸部，大概是表示她正在伤心，不想让人看见。这样，何开来看见的就是她的一双手了。大约过了一分钟，柳岸在手掌后面说，你想听我的故事吗？因为隔着手掌，柳岸的声音显得压抑、低沉，简直就是呜咽了。

何开来害怕这种声音，赶紧说，当然想听了。

柳岸松了手说，我四岁就爱上他了，你相信吗？

何开来摇头说，我不相信。

柳岸说，真的，他比我大十五岁，我四岁的时候，他抱着我玩，我就很有感觉，我的记忆是从他开始的。

何开来说，我不懂。

柳岸说，我自己也不懂，他是我表哥，我十二岁那年，他结婚了,我妈妈带着我参加他的婚礼,我看见他挽着新娘,我上前也要他那样挽着,他就一手挽着新娘一手挽着我,但是,他把我当小孩,一会儿就不理我了,我感到特别绝望,一个人走到了外面,外面就是河,我眼一闭就跳了下去。至今他们都以为我是不小心落水的,其实我是自杀。

说到自杀,柳岸的眼前亮了,眼睫毛一闪一闪地在跳,显然,自杀是一件很激动人心的事情。柳岸好像怕何开来不相信,又强调说,真的,当时我就是想死。

何开来说,你这不是恋爱,这是恋父情结。

柳岸说,你不懂,不要乱说。

何开来就不说了。

柳岸又拿手掩了脸,很孤独的样子,等她拿开手,何开来看见她的脸上挂了两行眼泪,眼泪是从内眼角溢下的,一直滑到嘴角,然后转了个弯,消失了,可能是滑进了嘴里。

何开来说,你怎么哭了?

柳岸恼怒说,你别管我。

柳岸这个态度,好像是何开来惹她哭的,何开来觉着他没有做错什么,他看了看柳岸,索性溜回了房间。

不一会儿,何开来听见了柳岸洗澡的声音,就是说,她已经不哭了。何开来就觉得他溜回房间是很正确的,如果他看着她哭,没准柳岸就会哭个没完,女人基本上都是这样,那是很无聊的。

柳岸洗了很长时间的澡,起码比平时长两倍的时间,何开来听着流水的声音,就睡着了。但后来又被柳岸叫醒,柳岸边敲门边叫,何开来,你睡了?何开来说,睡了。柳岸说,你不要睡。

何开来说，不睡，干吗？柳岸说，你不要睡，起来。何开来只得起来，开了门，何开来立即感到有股香气朝他袭来，那是某种香水的气味。柳岸穿了一件睡衣，半透明的，何开来半闭着眼睛，刚要睁开，又很有礼貌地闭上了。柳岸说，我不要你睡，我要你陪我。何开来嗯了一声，忽然觉得鼻子发痒，很想打一个喷嚏，但是，朝女人打喷嚏是极不雅观的，何开来就拼命忍着，痛苦得连眉毛也皱了。柳岸见他这样，不客气地责问说，你是不是讨厌我？不是的。何开来连忙说，这一说，喷嚏就忍不住了，何开来转身背着柳岸打了一个响亮的喷嚏。

何开来说，对不起。

柳岸说，没关系，打喷嚏还是可以原谅的。

打了喷嚏，何开来对香水就没感觉了。何开来说，你睡不着啊？

柳岸说，你不是明知故问吗？

何开来说，是明知故问，你晚上真的不应该回来。

柳岸说，不说了，我跟他已经没有关系，都结束了。

何开来说，那就结束了。

柳岸说，你是不是很高兴？

何开来想，我为什么很高兴？这跟我有什么关系，但何开来还是说，当然很高兴，你们结束了，我就有机会啦。

柳岸说，你真的喜欢我？

何开来说，喜欢。

柳岸说，我也喜欢你。

柳岸说着，气就有点喘了，而且合了眼，明显是一种等待的姿势。何开来这才觉得不好了。当然，亲她一下，然后做一次爱，也不是不可以，但是，柳岸刚刚和男朋友分手，她心里难受，想随便找个男人替代一下，何开来若是合作，就成代用品了。何开来代人喝过酒，代人写过文章，甚至代人擦过屁股，但代人做爱，还确实没有做过。当然，代人做爱也不是不可以，一般来说，代人做事，总是一种奉献，如果你愿意，何开来，你愿意吗？何开来这样问自己，但是没人回答。何开来真是感到左右为难了。

柳岸等急了，或许是等烦了，说，何开来，你不想亲我吗？

想不了了之是不行的，何开来必须表态了，何开来说，想，当然想，但是……

柳岸说，但是……什么？

何开来说，但是，你会后悔的。

柳岸说，我不后悔，我喜欢你。

何开来说，是吗？

柳岸说，你不知道吗？你这个傻瓜。

你今晚脑子不清楚，睡觉去吧。何开来一只手搭着柳岸的肩膀，推了推她，但柳岸站着不动，何开来另一只手又搭着她的另一个肩膀，轻轻地但坚决地把她推回了自己的房间，睡吧，好好睡吧。何开来不等她回答，就带上门出去。

何开来回到床上，想再睡时，却发现一点睡意也没了，而且，他的身体似乎也在抗议，他为什么不和柳岸做爱？事实上，做一次爱比拒绝做爱更简单一些，他没有理由拒绝的，当然，反过来说也是可以的，我为什么要和她做爱，不做不是更好吗？是的，不做更好，一个男人和一个女人，用生殖器把他们连在一起是很可笑的。当然了，这些都是托词，仅仅是一种说法，问题的实质是他不想和柳岸做爱。

这就很没意思了。

五

这个晚上，对后来还是有影响的。此后的几日，何开来就不愿见柳岸，大部分时间待在学校，可是，同居一室，不见面是不可能的。何开来见了柳岸，说话就相当慎重了，再也不敢胡言乱语。倒是柳岸，好像什么事也没有，洗了澡，照样穿着睡衣往何开来房间跑，追着问，你好像在故意躲着我。何开来说，没有啊，我在做一本书，到处找资料，很忙。柳岸说，你就是在躲着我，好像我要吃了你似的。柳岸说着，龇牙咧嘴做了一个吃人的动作。何开来说，你别吃我，我的肉不好吃，酸。柳岸说，算你有自知之明，你的肉肯定很酸，不过，我还是喜欢吃酸的。何开来说，那你的法国男朋友一定是酸死了。柳岸说，你吃醋了？虽然是问号，但柳岸的语气是很肯定的，何开来刚想说当然吃醋了，但立即又忍了回去。那一忍就像真吃了醋，表情是酸的，柳岸看着何开来，满意说，你不用吃醋，我跟他没关系了，我喜欢的是你。何开来说，不可能的，我还不够酸，你不会喜欢的。柳岸说，你够酸了，你只是嘴上流氓，骨子里是个很酸的酸文人，那个晚上……柳岸停顿了一下，脸忽然红了，她看了何开来一眼，脸又不红了，那表示羞涩的红，似乎是从别的地方飘过来的，在她的脸上意外地停了一下，又立即飘走了。柳岸继续说，那个晚上，我是想跟你做爱的，我真的很伤感，就想随随便便做一次爱，不管跟谁，但是，你没有乘虚而入，你是个君子，如果你跟我做了，第二天我可能就很讨厌你。你从我房间出去的那一瞬间，门响了一下，我产生了一种震动，全身都震动了，那比做一次爱更强烈，我知道，我真的喜欢上你这个酸文人了。

何开来说，我不是君子，你搞错了。何开来确实觉着他不是君子，君子应该是想做爱的，但因为某种理由忍着不做，就是说君子的前提是忍，而何开来是根本不想做。

柳岸说，我没搞错，你别想躲着我，我会追你的，直到把你追到手。柳岸是笑着说的，有点像玩笑，所以何开来也不用表态。柳岸说完，就笑着回自己的房间了。

现在，何开来被女人追求了，而且是一个比男人更直接的女人。何开来的感觉是不习惯，在男女方面，从来都是何开来追求女的，然后由女人说，好还是不好，现在颠倒过来，何开来的男性角色似乎受到了挑战。何开来简直是想逃跑了，何开来想，我是不会找柳岸这样的女人的。

那段时间，何开来确实很忙。他在做一本书，叫《成功学》。这到底是什么学问，何开来也不知道，大概跟狗屎差不多。他只要照书商的吩咐，收齐资料，再略作改动就行了。何开来忙了半个月，花了几百元的资料费，书就做成了。何开来打电话给书商，准备一手交货，一手拿钱，不料书商说，《成功学》他不做了。何开来说，为什么？书商说，有人抢先做了，市面上已经有好几本《成功学》。何开来说，可是我已经做了，单是资料费就花了好几百。书商说，没关系，那几百元下次合作的时候，补偿给你。何开来放了电话，觉得被书商耍了，但他拿书商也没有办法，他们之间没有任何协议，书商对他这样的雇工可以为所欲为，就算书商把他耍了，他也没脾气，毕竟他的生计是完全依赖书商的。何开来看着他花了半个月做成的《成功学》，现在成了一堆真正的狗屎，何开来愤怒地把它撕烂了，碎片从房间扔到客厅，满地都是，何开来又踩上几脚，好像报复了书商似的，还狠狠骂上几句。

这件事，对何开来是非常严重的，拿不到钱，可怎么生活。何开来垂头走出了地下室，外面很亮，他觉得脑袋搁在脖子上有点重，他就那么垂着头，走到了三角地，那儿有许多各色各样的广告，媒体招聘的、公司招聘的、租房的、找家教的。何开来来回看了两遍，抄了几个电话号码，又垂着头回到房间。何开来想，去媒体当个记者或者编辑，也不错。就打电话，对方说，你是北大的？何开来说，嗯。对方说，哪个专业的？何开来说，中文的。对方说，本科的？还是研究生？何开来硬着头皮说，都不是，我是旁听的，但是……对方一听是旁听的，就不让他再说了，对不起，我们不招旁听的。何开来没有勇气再打第二个电话，他朝扔满了碎片的地上翻了翻白眼，索性躲到了床上，好像只要睡上一觉，就可以完美地解决生计问题。

柳岸回来，看见扔了满地的碎纸片，以为何开来出了什么事，惊慌地大叫，何开来！何开来！何开来躺在床上，听到了柳岸的叫喊，但他只想一个人躺在床上，柳岸的叫喊，只当是没听见。可是，柳岸急促地敲门了，接着简直是捣了，何开来不开门是不行了。柳岸喘着气说，你在睡觉？何开来说，在睡觉。柳岸说，出什么事了？何开来说，没什么事。柳岸说，看你这样子，好像不想跟我说话？何开来耸了耸肩，说，对不起，我有点烦。柳岸说，那我说点高兴的事情你听，我碰到任达老师了，他请我喝了咖啡。何开来说，他请你喝咖啡，我有什么好高兴的？柳岸说，任老师问我住哪儿，我说跟何开来同住一屋，他想象不出我们是怎样同住一屋的,以为我们是同居,他说了你很多好话。何开来说,什么好话?柳岸说,他说你很有才华,小说写得很好,以后要成大器,他说,我们住在一起也很好,金童玉女,才子佳人。

任达教授夸他是才子,何开来还是很高兴的。

柳岸说,高兴了吧,任老师还问你最近在做什么。

做什么?何开来指着地上的碎片说,就做这个。

柳岸这才发现地上的碎片是他刚刚做的《成功学》,是你自己撕的?

何开来说,是的。

为什么撕了?

本来就是垃圾,不撕了干吗?

撕了好,撕了好。

柳岸好像是在祝贺,何开来说,好什么好?

你应该好好写小说,你不应该做这种东西。

不做这种东西,我靠什么生活?

写小说啊,等你小说出版,钱就滚滚而来了。

这确实是我的梦想,可是,我还没写,就先饿死了。

有那么惨吗?

就那么惨。

我不会让你饿死的。

何开来长叹了一声,说,我得走了,我不能在这儿再待下去了。

你要去哪儿?

我不知道。

你不愿意跟我同住了?

不是的。

那你为什么要走?

不走,我靠什么生活?

我不会让你走的。

那你养我?

对。

你养我干吗?还不如养一条狗。

我喜欢,你比狗可爱。

柳岸跑进房间,随即手里抓了一把钱出来,送到何开来面前,说,一千,你先拿着。

何开来说,干吗给我钱?

给你用啊。柳岸说,然后,几乎是命令了,从明天开始,你就好好给我写小说,什么也不用管。

你还真的养我?

你不接受?

我没有理由接受。

你真酸,我只是不想让你的才华浪费在书商身上,等你成了著名作家,可别忘了我。

原来你还是挺喜欢作家的。

那当然,我是中文系的研究生,不喜欢作家,喜欢谁?

你是中文系的研究生?何开来想,你不说这一句多好啊。

你想什么?

没想什么。

你想了。

没想。

何开来想，幸好你不知道我在想什么。

柳岸说，那就把钱拿上。

何开来说，好吧，你不妨把我想象成一家公司，这是你的投资，会有回报的。

柳岸说，谁稀罕你的回报。

有一个女人愿意帮你，当然是不错的，而且柳岸的做法，完全符合才子佳人的古典模式，何开来就准备写小说了。何开来把自己关在房间里，想了三天，却一个字也没有写出来。这三天，他只是坐在电脑面前发呆，脑子一片空白，何开来就有点急，觉着他其实是不会写小说的，他一点也想不起原来的那几篇小说是怎么写出来的。这事情就有点严重，他来北大旁听，本来就是准备当作家的，结果是发现自己不会写小说，那感觉就像自己打了自己一个耳光。更糟糕的是柳岸已经把他当作一个才子了，连看他的眼神也有了几分崇拜的意思。这三天，柳岸甚至比何开来还更关心他的写作，柳岸平时并不自己烧饭，她和何开来都去食堂吃，但是，为了何开来的写作，柳岸开始自己烧饭了，夜里还专门为他烧一次夜宵，何开来几乎成了她唯一的生活中心。柳岸这样做，也是很有成就感的，养一个才子，在房间里写作，无论如何是一件相当崇高的事情。

如果何开来的写作顺利，自己也觉得是个才子，那他接受柳岸的关心也就心安理得，可是他一个字也没有写出来，看见柳岸，不觉就心虚了，尤其是当柳岸问他写了多少字，何开来只好支吾说，没有多少字，还没有进入状态。

第四日，何开来坐在电脑面前继续发呆，不知怎么的，柳岸居然溜到了他背后，也不知道她是什么时候进来的。何开来发觉时，她正站在背后窃笑，何开来像是见了鬼，有点恼火，同时又有点紧张，一时就不知道怎样反应，简直是不知所措了。柳岸说，你这么紧张干吗？不就是我站在背后嘛。何开来说，我不是紧张，我是奇怪，你是怎么进来的？门是关着的啊。柳岸说，我是小妖精，穿墙而入的。何开来说，你站在背后干吗？柳岸噘着嘴，做出很迷人的姿态说，看你写作。何开来看着她的嘴，立即就想到做爱方面去了，说，写作怎么能看？写作和做爱一样，都是很隐秘的，不能看的。柳岸说，是吗？柳岸抑制不住就笑了起来，以至她说的第二个"是吗"，被笑声拖得很长，含含糊糊的不像是说话，而像是呻吟了。这样的笑总是有感染力的，而且柳岸没有停止的意思，笑得腰都软了，无法支撑了，暂时只能趴在何开来的肩上，两个乳房刚好也搁在了何开来的肩上。何开来就是通过乳房感受她的笑声的，柳岸的笑似乎不是从嘴里发出的，而是从乳房发出的，她的乳房在肩上笑得颠三倒四的，似乎随时要掉下来。何开来一伸手，就抓住了乳房，柳岸立即爆发出一声短促的尖叫，好像乳房被抓破了似的，然后顺势倒了下来。

如果不是柳岸在关键时刻说了那么一句话，何开来和柳岸肯定就做爱了。何开来已经在柳岸的上面，但是，柳岸好像要明确这次做爱的方向，突然开始了宏大叙述，柳岸说，我爱你，何开来说，嗯。柳岸说，我要嫁给你，做你老婆。何开来说，嗯。柳岸说，我不读研究生了，就做你老婆。听到这句话，何开来的身子就僵在上面，不动了，好像一架机器，突然断了电。柳岸说，怎么啦？何开来说，没了。没事的，没事的。柳岸微笑着，并且伸手来挑逗，可是，何开来就是没了，无论怎么挑逗也没用。柳岸叹气说，怎么就没了呢？何开来不好说都是被你恶心的，那就只有自贬了，穿了裤子，何开来说，我确实是不行的。柳岸说，你是不是太紧张？何开来说，是的。我想写东西的时候，总是特别紧张。柳岸很大度地说，那就等你写完东西再来吧。

何开来对这次失败的做爱还是耿耿于怀的，他先是在心里责怪柳岸愚蠢，不该在这么关键的时刻说这么愚蠢的话，继而又觉着自己是不是有病？他为什么对柳岸的研究生身份那么敏感，她不是研究生有什么关系，他是跟女人做爱，又不是跟研究生做爱，柳岸的研究生身份虽是假的，但是，千真万确，作为一个女人，柳岸绝对不是假的，而且是个相当不错的女人。这么说来，这次失败的做爱，何开来应该负有主要责任。无论如何，他至少犯了两个错误，第一，他不该伸手抓柳岸的乳房，即便她的乳房在他的肩上像桃子一样掉下来，也不该伸手去抓；第二，既然他伸手抓了柳岸的乳房，就不该阳痿，不管是什么理由，都不该阳痿，在女人面前阳痿，是极不道德的。

何开来想，我不只是写不出东西，连做爱也不会了。这么一想，何开来就有点烦躁。他不想坐在电脑面前发呆了，想出去走走。何开来沿墙走到东门，然后穿过未名湖，来到了西门，何开来好像很有目的，其实他根本不知道自己来西门干什么。他在门口站了五分钟，看见对面的发廊，何开来伸手摸头发，很长了，现在，何开来知道他来西门干什么了，他要理发。

理发的结果很是出人意料，洗头的时候，小姐俯在他耳边说，先生，做一次按摩吧。何开来情绪还很低落，不说好，也不说不好，小姐就算他默认了，把他带进了按摩室。何开来躺在床上，让小姐在他身上乱摸，何开来的身体渐渐放松开来，竟然充满了欲望，接着就是何开来在小姐的身上乱摸了，好像做按摩的是他，享受按摩的是小姐。小姐说，先生，你想要我？何开来说，嗯。小姐说，那要另外加钱的。何开来说，嗯。小姐说，三百。何开来说，嗯。其实，此刻，何开来的脑子里并没有钱的概念，他是在完事后，才想起他是个穷光蛋，嫖娼对他来说，是很奢侈的，他是拿着柳岸的钱来嫖娼的，他没和柳岸做爱，却拿着她的钱来嫖娼了，这是一件奇怪的事情，何开来被自己搞糊涂了。完了事后，他就坐在那儿呆想，我为什么那样做？我为什么那样做？我为什么啊？小姐见他这样，说，先生你不满意吗？何开来说，不，我很满意。小姐说，那么下次再玩。何开来说，好的。小姐说，我给你呼机号码，下次你想玩的时候，呼我。何开来说，好的。

从发廊里出来，何开来还是相当困惑，他又问自己说，我为什么那样做？好像那样做的并非自己，而是另外一个人，一个他不熟悉的完全陌生的人。

六

柳岸对何开来还是那么好。一个想跟你做爱还没有做成的人，对你总是很好的。何开来一直没有搞清楚，他为什么不和柳岸做爱。他关在房间里，好像已经不是为了写作，而是躲避柳岸。此后的十几日，他照样一个字也没有写出来。写不出东西是很难受的，比性压抑还难受。何开来无聊得天天在电脑上挖地雷，或者玩扑克牌，何开来很害怕被柳岸看见，就像一个怠工的职员害怕被老板看见。何开来把门锁上，轻易不让柳岸进来，但柳岸还是看见了，柳岸看见何开来没有写作，而是在玩，脸就拉下来了，训斥说，你没在写？何开来不敢看柳岸，盯着电脑说，写不出来。柳岸说，你根本就没在写。何开来说，写不出来才没写。柳岸说，你没写，怎么写得出来？何开来说，别说了，别说了。但是柳岸还要说，你为什么不写？何开来垂了头，没有回答。柳岸说，我不许你在电脑上玩这么无聊的游戏。何开来说，嗯。柳岸说，你反正不写，就陪我出去走走吧。何开来想了想，摇头说，不，不想走。没劲。柳岸转身回了自己的房间。

不一会儿，何开来看见柳岸挎着包气鼓鼓地出门了，才抬头嘘了一口长气，好像是解放了，但随即他又发现，心里的闷气并没有嘘出去，反而是更加郁闷，连挖地雷的兴致也没了。他从电脑前站了起来，在房间里走来走去，好像在思想的样子，何开来想，怎么就写不出来？他茫然地看着墙壁，觉得自己的脑子就跟墙壁一样，空白，什么也没有，一无所有。其实，何开来这个比喻是不准确的，墙壁并非一无所有，是有东西的，上面停着一些正在睡觉的蚊子。后来，何开来看见了，精神为之一振，他去客厅找了苍蝇拍，很有快感地打死了好几只蚊子，有几只趁机逃到了客厅，何开来追到客厅，开了灯，又看见更多的蚊子，何开来几乎是兴奋了，足足打了好几十分钟。回到电脑前，何开来竟有些莫名地兴奋，不停地把桌子的抽屉拉来拉去，好像这也是很有快感的一种运动。这期间他看见了一张字条，上面写着一个传呼号码，一时想不起是谁的了，何开来就停止了拉抽屉的动作，专心想这是谁的传呼号码，但想了许久也没有想出来，就在他不再想的时候，突然又想起了这是发廊小姐的传呼号码。何开来又非常奇怪，他不和柳岸做爱，却当了一回嫖客，他怎么跟发廊小姐做爱了？这事情就像他没跟柳岸做爱一样，也是糊涂得很，不过，有一点是肯定的，柳岸在关键时刻使他丧失了欲望，发廊小姐却成功地勾起了他的欲望。这么一想，何开来似乎也就想通了，想通了的何开来，想都不想就呼了发廊小姐一次，等回电这会儿，他试图回忆一下小姐是什么样子的，但一点也想不起她是什么样子的了，何开来觉得极其好笑，好像上回他嫖的不是小姐，而是空气。小姐很快回电了，小姐说，你好。何开来说，你好，我是某某。小姐说，哦，大哥啊，你想我了？何开来说，是啊。小姐说，过来玩吧。何开来拿着电话，愣了愣，说，还是你来我这儿吧。

何开来一点也不知道，他为什么要把小姐叫到自己的房间，他只是愣了愣，就把小姐叫到了自己的房间。从结果看，他是想把自己和柳岸的关系搞糟。可是，这对他又有什么好处？小姐进屋时，何开来已经不认识了，他很陌生地看着小姐，小姐说，怎么？大哥，不认识了？何开来只得说，哪里，哪里。小姐微笑着偎了过来，替他解了衣服，在他身上轻轻地按摩，何开来又觉得身体渐渐放松了开来。做完事情，小姐上卫生间时，不料柳岸刚好从外面回来，如果柳岸晚回来五分钟，大约小姐就走了，但柳岸刚好早了五分钟回来，看见小姐，柳岸站在门口就不动了，小姐显然也被柳岸弄得惊慌失措，来不及上卫生间，就逃回了何开来的房间，低声说，有个女的。何开来最初的反应就像偷情被老婆抓住，也是惊慌失措，但他毕竟是男人，马上就镇定了，说，没关系，是同屋。小姐说，可是，她站在门口，很凶的。何开来说，不会吃了你的，我送你出去。

何开来送小姐出门时，柳岸确实还在门口站着，一副要吃人的样子，小姐几乎是夺门而走的。

何开来说，你回来了。

柳岸冷笑了一声，哼。

何开来说，你站在门口干吗？

柳岸又冷笑了一声，哼。

柳岸这个态度，何开来就不知道怎么说了。

柳岸又哼了一声，然后开始审问，她的声音是嘶哑的，好像已经哭过了，柳岸说，刚才这个女人是你的什么人？

何开来说，朋友。

什么朋友？

很一般的朋友。

哼，很一般的朋友？我看你们很不一般，她是干什么的？

我不太清楚。

你不清楚，要不要我告诉你，她是干什么的？

她是干什么的？

柳岸轻蔑说，她是个妓女。

何开来太吃惊了，吃惊得脸色都灰了，脱口而出，你怎么知道？

柳岸说，她一看就是个妓女。

何开来语无伦次说，哦。

柳岸说，她真的是妓女？你承认了？

何开来这才发觉自己上当，但已经迟了，他把脸涨得血红，想说点什么，结果什么也没说出来。

柳岸说，你居然把妓女带到房间里来，你等着瞧吧。

柳岸当然不再给何开来烧饭、拖地、洗衣服，这是可以想到的，这些不算，她让何开来等着瞧的主要内容是，她每天都带一个男人回房。柳岸下午出门，晚上就带着一个男人回来，一天换一个，那么多男人，也不知道她从哪儿找的。柳岸的打扮也不同寻常，她穿着开胸很低的衣服，露三分之一的乳房在外面，裙子又极短，似乎整个大腿都毫无遮挡，脸上搽了粉，涂了口红、眼影，浓抹重彩的比色情场所的小姐还要俗艳，然后挺着胸示威似的出门。柳岸第一夜带回来的男人，是个老头，头发都白了，大概是个教授，柳岸虽然故意叫得很响，但老头明显不行，何开来听见老头不停地在道歉，对不起，对不起；柳岸第二夜带回来的男人，操着日语，大概是日本人，好像很厉害，柳岸的尖叫几乎使何开来想起了大屠杀；柳岸第三夜带回来的男人，是个胖子，全身都是肉，他的喘气声比柳岸的叫声还响，好像他马上就要断气了，死了；柳岸第四夜带回来的男人，是个会说中文的美国人，这家伙一直在叫，好像他不是用阳具做爱，而是用嘴；柳岸第五夜带回来的男人……柳岸这样做，大概以为就是狠狠惩罚了何开来。实际上，柳岸的目的确实也达到了。柳岸一上床就大呼小叫，何开来在隔壁听着她叫床的声音，根本无法睡觉，脑子里全是她和男人做爱的动画，好像中间这堵隔墙是不存在的，他就站在柳岸的床前，看着他们做爱。何开来觉着快要被柳岸逼疯了。

因为睡不好觉，何开来越发变得沮丧、抑郁、萎靡不振，何开来不得不找柳岸交涉了。

何开来说，柳岸，我们谈谈。

柳岸说，谈什么？

何开来说，你越来越漂亮了。

柳岸说，是吗？

何开来说，是的，这证明做爱并不是虚无的，至少有美容的功能。

柳岸说，这个不用你说，我知道。

何开来说，我很高兴你有那么多男人。

柳岸说，怎么了，只许你们男人乱搞，我们女人就不行？

何开来说，行，都行，但是，你影响了我，你叫床的声音太响了，你吵得我睡不着觉。

柳岸说，不叫床，还有什么意思，我就是要吵得你睡不着觉。

何开来说，不开玩笑，我是很严肃跟你说的，我从来没有这么严肃过。

看何开来这么严肃，柳岸又羞又怒，说，那你想怎么着？

何开来说，如果你继续这样，那我们就不能同住一屋了，要么你搬走，要么我搬走。

柳岸说，你以为我想跟你同住一屋？你先说吧，你是不是有钱继续租这个屋子。

何开来说，这个不用你管。

柳岸说，哼，别忘了你还欠我一千块钱。

何开来说，我还你。

柳岸就等着何开来还她钱，可是这一千块钱基本上用在小姐身上了，何开来只好说，我现在没钱，我去借钱还你。

何开来出了门，脑子里搜索着到底可以向谁借钱，他第一个想起的人是任达教授，然后把所有的熟人都盘点一遍，最后还是回到任达教授，算起来他和任教授的关系比较好，而且任教授对他颇为欣赏，向他借钱一定是没问题的。但如何开口却是问题，何开来忽然想起了沈从文，他在北大旁听时，也曾向郁达夫求援，郁达夫请他吃了一顿饭，好像还送了他五块大洋，并且建议他实在活不下去，不妨去当小偷。沈从文的故事给了他很大的勇气，其实，借钱并不丢脸，若是日后成为名人，甚至就是一则佳话了。何开来这样安慰自己，就给任达教授打了电话，任教授高兴说，何开来啊，很久没见你了，我们找个茶馆聊聊，我请你。

任教授一见面就兴致勃勃地问他和柳岸同居的生活，任达还记得柳岸在他的课堂里尖叫，现在的男人全都精神阳痿。和这样的女孩同居一屋，一定是很有意思的。任教授说，我见到柳岸了，真羡慕你啊。任达向来是这样无拘无束、没大没小的，何开来想说这种生活只是在想象中有意思，其实也没什么意思的，但任教授那么有兴致，免得扫兴，就不说了。何开来和任教授在茶馆坐了两个小时，除了同居生活，自然也谈文学，直到结束，何开来也没敢开口向任教授借钱，有几次都话到嘴边了，又忍了回去，原来向人家借钱是很难说的。

回到房间，柳岸见了何开来，不客气地说，何开来，你借到钱了吗？

何开来说，对不起，还没有。

柳岸说，那你什么时候还我钱？

何开来说，你给我一点时间。

柳岸说，我给你的钱，你是花在小姐身上的吧？

何开来恼怒地说，是的，又怎么样？

柳岸说，我给你一个赚钱的机会，你干不干？

何开来说，什么机会？

柳岸说，你陪我睡觉，一次一千。

何开来说，你有那么多男人，还要我干吗？

柳岸说，我就要你，一次一千。

何开来说，别开这么无聊的玩笑。

柳岸说，不是玩笑，我说真的，你找小姐要花钱，对吧，我要你，我也花钱。

何开来说，柳岸，我不过欠你一千块钱，别这样侮辱我。

柳岸说，我不认为这是侮辱，你找小姐，你认为你是在侮辱小姐吗？

何开来说，你说真的？

柳岸说，我说真的。

何开来愤怒地说，干，我干。

何开来一把抓过柳岸，扔到床上，又一把撕了她的衣裙，奇怪的是柳岸并无反抗，何开来愤怒进入的时候，看见躺在下面的柳岸，哭了。

《当代》2003年第3期

让蒙面人说话

麦 家

你肯定不是你
我肯定不是我
桌子肯定不是桌子
黑板肯定不是黑板
今天肯定不是今天
阳光肯定不是阳光

——某课堂讲稿

引 言

要不是亲眼看见，真难以相信我们身边还有这样的单位，他们的工作是以国家安全为终极目标，但工作本身具有的保密性又使他们自己失去了甚至是最基本的人身自由，以致连收发一封信都要经组织审查，审查合格方可投递或交付本人阅读。这就是说，倘若你给他们去信，主人能否看到，要取决于你在信中究竟写些什么，如果你的言谈稍有某种嫌疑，主人便有可能无缘一睹。退一步说，即便有缘一睹，也仅仅是一睹而已，因为信看过后将由组织统一存档保管，个人是无权留存的。再说，如果你有幸收到他们发出的信（应该说，这种可能性比较小，除非你是他们直系亲人），也许会奇怪他们为什么会用复写纸写信。其实，这没什么好奇怪的，因为他们投出的信件组织上必须留下副本。在尚无复印设备的年代里，要让一份东西生出副本，最好的办法无疑是依靠复写纸。更不可思议的是，在他们离开单位时，所有文字性的东西，包括他们平时记的日记，都必须上交，由单位档案部门统一代管，直到有一天这些文字具备的密度消失殆尽，方可归还本人。

特别单位701就是这样一个单位。

作为一个特别单位，701的特别性几乎是体现在方方面面的，有些特别你简直想都想不到，比如它一年中有个很特殊的日子，系统内部的人都管它叫"解密日"。这一天，必有相应的一些老701人回单位来领取当初他们离开时不能带走的那些文书，比如信件、日记、书籍、资料等。不久前（2002年10月25日），我有幸见证了这个奇特的日子：从上午八点半开始，陆陆续续有人来到701档案室窗台前，向值班同志出示一份通知单，然后领了东西就走，整个感觉似乎跟到邮局提取包裹没什么不同，稍有不同的无非就是在这里的交接过程中，双方的态度要亲善、友好一些，仅此而已。

在零星的来人中，我注意到一个拄拐杖的年轻人，他也是我那天恭候的主要对象，名叫施国光。他真的很年轻，才四十来岁，按说正当是干事业的好年纪。但是两年前，他不幸患上了严重的眼疾，一夜间世界在他眼前变成漆黑一片，如今虽经多方治疗，仍然还是白茫茫一片，走路还需要拐杖支持，更别说什么工作。他就这样离开——白茫茫地离开了701。说是离开，其实离开的还没有留下的多，比如他的青春、才干、友情、恩爱等，还有他在此十二年间产生的所有收发信件、日记、资料什么的，都留在了这里面，有的是永远留下了，有的也许是暂时的。而暂时的概念又是模糊的，也许是几年，也许是几十年。

以下是那天他领取的解密件，有几则日记、一封收信的原件和两封发信的复印件。据施国光自己说，这是他第一次回来领解密件，而到手的这些东西仅仅是他留在里面的众多类似东西中的一小部分。这部分东西之所以能率先解密，是因为里面涉及的那个人和事已经有幸解密。

第一部分　几则日记

3月25日

宿舍。夜。雨。

今天，我接到一个电话，是我在特别单位701总部时我师傅的儿子打来的。开始我听电话里声音幽幽的，以为是个女的，问是谁，他说是陈思兵。我想了一圈也没想起陈思兵是谁，他才说是陈二湖的儿子。

陈二湖就是我师傅。

师傅儿子的来电，多少有些令我吃惊，一个是这电话本身，来得唐突，去得也唐突，只说他给我寄了一封信，问我收到没有。我说没有，他就开始说挂电话的话了。我以为是他那边打长话不方便，就问他电话号码，说我给他打过去。他说不用了，明天再跟我联系，就挂了电话。二个是听他电话里的声音，我感觉他好像情绪很不对头似的，加上他又说给我来了一封信，就更叫我觉得蹊跷，有种不知深浅的隐隐虚弱的感觉。说真的，虽然我同他父亲包括跟他家里的关系一度是很亲密的，但跟他本人却一向不太熟悉的。他是在城里外婆家长大的，很少到701来，直到上大学后，在寒暑假里，我有时会在排球场上看到他。他个子有点高，弹跳又好，球场上特别引人注目。因为他父亲的关系，我们见面时总是客客气气的，有时间也站下来聊聊天。他非常健谈，而且说话喜欢比画动作，一会儿耸肩，一会儿摊手的，跟个老外似的，而站立的姿势总是那么稍稍倾斜的，重心落在一只脚跟上，让人感到他是那么自在，满不在乎的。我很容易从他的言谈举止中看出他跟他父亲的不一样，这是一个热情、乐观、身上集合了诸多现代人气息的年轻人，而他父亲则是一个沉默寡言，性格又冷又硬的孤独老头。父子俩表面上的不同曾经令我感到惊讶，但仔细想想又觉得没什么好奇怪的，因为父子相异就跟父子相似一样其实都是正常的。不过，总的说我对他是不熟悉的，我以前连他名字叫什么都不知道，只记得那时我们都喊他叫阿兵。这自然是小名，今天我才知道他大名叫陈思兵。他来信要跟我说什么事？我告诉自己：不要去想它，等明天看信吧。

3月26日

办公室。夜。还在下雨。

难道是因为连续的下雨影响信的正常传递了？今天还是没收到信，阿兵的电话倒是又来了。他一定是有很急的事要问我，但我没收到信又似乎无法问。听声音，今天他情绪要比昨天好，说的也比昨天多，包括工作单位、联系电话都跟我说了。现在我知道，他已读完研究生，分在南方×市的出版社工作，想必是当编辑。我不清楚，他在电话里没说起。不过，从出版社的单位和他学的专业看，我想很可能是在当编辑。他是研究欧洲当代文学的，让他去出版社工作，不当编辑又能当什么呢？我想不出来。

那个城市我去过一次，是一个很美的城市，街上种满了花，很抒情的。花以优雅素白的樱花居多，几乎城市的几条主干道两侧都排着或大或小或土或洋的樱花树。眼下，春意飘飘，正是樱花盛开之际，我可以想象现在那个城市的基本姿态：满街的樱花灿烂如霞，像雪花凌空，像白云悠悠，空气里弥漫着樱花绽放出来的袭人的香气。此刻，我甚至都闻到了樱花缥缈的香气。

关于那个城市，我还有一点认识，是从历史书上捞来的。据说，一个世纪前，那城市曾闹过一次大地震，死者不计其数，也许有好几十万。而五十年前，又有一场著名的战役在那里打得不可开交，阵亡者书上又说是"不计其数"。因此，我常常想，那儿地底下埋葬的尸骨一定有好几吨。这和樱花本是不可以相提并论的，可我不知怎么就将它们想到了一块。想就想吧，反正意识太多不算错误。意识太多是一种病，但绝不是错误。既然不是错误，扯远一点也没关系吧，我想。事实上，我知道，我想这些都是想为了摆脱一点什么，因为我觉得心里乱乱的。乱七八糟的。

3月27日

宿舍。夜。晴。

今天终于收到阿兵的信了。尽管这两天我一直在想阿兵信上可能要跟我说的,但没想到居然会是我师傅去世的噩耗!师傅是3月2日去世的,都快一个月了。信上说,师傅临死前很想见我,老王局长给我单位挂电话,我却回了老家在休假,怎么联系也联系不上。没办法,最后师傅给我留了遗言,并再三嘱咐他一定要转交给我。他这回便是把父亲的遗书给我寄过来了。

遗言是师傅亲笔写在一张十六开的信纸上的,字比个孩童写的还要差,歪歪扭扭的,大的大,小的小,横不平,竖不直的。我是熟悉师傅字的,从这些变得不成样的字中,我可以想象他当时有多么虚弱,手握不住笔,气喘不上来——看着这些歪歪斜斜的字,我仿佛见了师傅奄奄一息的样子,心情陡然变得沉重,手忍不住地发抖……我还是第一次接受死者的遗书,没想到它会如此震撼我的心灵。看着这遗书,我简直感到害怕,一个个醒目的字,杀气腾腾的,犹如一把把直逼我心脏的刀子。我就这样哭了,泪水滴落在遗书上。

遗书是这样写的:

> 小施,看来我是要走了,走前我要再一次告诫你:那件事——你要相信它对我的重要,不管怎样都要替我保守这秘密,永不外传。陈二湖。1997年3月1日立言。

遗言中说的"那件事"是什么?

这一定非常叫人寻思，一定也引起了阿兵的深思深想。今天，他又打电话来了，知道我已收到信，就问我这是什么事。他不停给我打电话，就是想问我这个。他说既然父亲这么重视这事，作为他的儿子，他本能地想知道，希望我能告诉他。我完全理解他的心情，只是他也该理解我，因为白纸黑字的遗书清清楚楚叮嘱我，要我"保守秘密，永不外传"。这里没有指明儿子或什么人可以除外。没有人除外，所有的人都是我保密、缄口不语的对象。这是死者对我的最后愿望，也是我对死者的最后承诺。

其实，即使没有死者遗嘱，我也是不可能跟他说的，因为这牵涉到国家机密。作为一个特别单位，我们701可以说整个都是秘密的，秘密是它的形象，它的任务，它的生命，它的过去、现在、未来，是它所有的一切。而我师傅——陈思兵父亲——陈二湖，他的工作是我们701的心脏，是秘密中的秘密，我怎么能跟一个外边人说呢？不行的。儿子也不行，天王老子都不行的。事实上，我理解遗书上说的"不外传"，指的不是像阿兵这样的外人，而是指我们701内部人。是的，是701内部的人，是指我老单位的同人们。没有人知道，只有我知道，"那件事"不是701的什么秘密，而是我师傅个人的秘密，是他对组织、对701的秘密。就是这样的。师傅在701不是个平常人，而是响当当的，一生获得的荣誉也许比701所有人加起来还要多。这些荣誉把他披挂得光彩夺目的，即使死了701照样不会忘记他，照样会怀念他，崇敬他。我相信，师傅的追悼会一定是隆重又隆重的，701人追悼他的泪也一定是流了又流的，而所有这一切，起码有一半是建在人们不知道"那件事"的基础上的。现在，我是"那件事"唯一的知情人，师傅为什么临死了还这么郑重地嘱咐我，也就可以理解了。其实,他曾以各种形式多次这样嘱咐过我。这就是说,即使没这遗书,我照样不会跟任何人说的,包括他儿子。老实说,陈思兵还没这资格,让我说的资格。

当然我想得到,我这样拒绝后阿兵心里一定会难受的。是硌一块异物似的难受。也许从今以后,他,还有师傅的其他亲属,都将被我手头这神秘的遗书乱了心思,心存顾虑,耿耿于怀的。遗言叫他们笼罩了一团雾气,一片阴影,他们不理解也不允许死者和他们相依为命一辈子,到头来却给一个外人留下这莫名其妙又似乎至关重要的遗言。这中间藏着什么秘密,死者生前有什么不是之处,会不会给他们留下隐患,带来麻烦?等等,等等,有疑问,有担忧,有期待,有恐惧,我几乎肯定他们一定会这样那样地想不开的。我想,虽然遗言只有寥寥几行字,但他们一定是反复咀嚼了又咀嚼的,他们一边咀嚼一边琢磨着里头的名堂,猜想着可能有的事情。他们一定想了很多,也很远;他们恨不得一口将这散布着神秘气息的遗书咬个血淋淋,咬出它深藏的秘密。当一切都变得徒劳时,他们不免会对我产生顾虑,防范我,揣度我,怀疑我,甚至敌视我。我忽然觉得自己没能和师傅作别真是天大的憾事。千不该万不该啊。我想,如果我跟师傅临终能见上个面,这遗书必将属于我独个人的,可是现在它左转右转的,到最后才落到我手上。虽然给了我,但他们心里是不情愿的,阿兵的请求是最说明这点的,父亲明明有言在先,不能外传,他居然还明知故犯,心存侥幸的,这不是荒唐就是厚脸皮了。而且,我有种预感,这几天,我还会收到一封信或者电话,那里面还会有类似的要求,荒唐的,或者是厚脸皮的。对阿兵,我可以没什么犹豫地拒绝,但对那封信或电话,也许就不会这么简单了。那封信或电话，那封未知的信或者电话，我敢说一定将出自他姐姐的。

说真的，我情愿面对的是信，而不是电话。

3月28日

宿舍。夜。有风。

担心中的电话或信都没来。这不说明是没这事了，我知道的，事情肯定是跑不脱的。从阿兵接连不断的电话，还有昨天电话里的口气看，他不会这么死心的。他不死心，就一定会把姐姐搬出来的。他姐姐叫陈思思。

陈思思人长得高高的，下巴上有颗黑痣，将她白的肤色衬托得更加白。在我家乡，对人长痣是有说法的，说"男要朗，女要藏"，意思是说男人的痣要长得醒目，越醒目越有福气，而女人则相反。这么说来，陈思思的痣是长错了地方，或者说这颗痣意味着她不是个有福之人。福气是个神秘的东西，很难说谁有谁没有的。对陈思思，我不能说不了解，总的说，她像她父亲，是个生活在内心中的人，不爱说话，沉默寡言的，脸上经常挂着谦逊得几近羞涩的笑容。说真的，那时候她默默无语又腼腆的样子非常打动我，以至她父亲都看出我对他女儿的喜欢。作为师傅，老陈对我的好是超乎正常的，从某种意义上说我也是他的儿子，他军龄比我年龄还要长，他待我就像对自己儿女一样亲。有一天，师傅问我谈女朋友没有，我说没有，他说我给你介绍一个吧。他介绍的就是陈思思。我们谈恋爱从时间上说有半年，但就内容而言只是看了两场电影，逛了一次公园而已。就是逛公园那次，她表示希望我们的关系还是回到过去那样。我们确实也这样做了。

我是说我们没有因为爱不成而就怎么的，没有，我们还是跟过去一样，围绕着她父亲运转着，直到我离开那里。

我是1993年夏天离开总部，然后来到这里的。这里是总部的一个分部，因为它重要——越来越重要，也有人说是第二总部。我为什么要到这里来，一方面是工作需要，二方面也是自己需要。所谓自己需要，是指当时我已经结婚，而这里离我爱人所在的城市要比总部近一半路程。所以，在很多人都不太情愿来这里的情况下，我是少有主动要求来的人之一，理由就是离家近。我记得，在我离开总部的前天夜里，师傅送我一本留作纪念的笔记本，扉页有他的赠言，是这样写的：

> 你我都生活在秘密中，有些秘密需要我们极力去解破，有些秘密又需要我们极力去保守。我们的事业需要运气。衷心希望你事业有成！

从那以后，师傅一直以笔记本的形式和我在一起。我相信师傅之所以送我笔记本并留下这些话，目的之一就是在提醒我要保守"那件事"的秘密。换句话说，这是师傅对我远走他乡后而苦心做出的一种特殊告诫，和直白的遗言相比，这当然要婉转一些。不过直白也好，婉转也好，我都感到"那件事"对师傅的压力。那件事给师傅带来了巨大荣誉，也给他留下了沉重的顾虑，总怕我有意无意地将它大白于天下。在这种情况下，他一再以各种机会和形式告诫我，我是可以理解的。但就留遗书这事，我认为师傅是失策的。首先他对我的告诫已足够多，无须再做强调；其次这种强调方式——遗书——实在是极不恰当的，有"此地无银"之嫌。说真的，本来完全是我们俩的事，无人知道，也无人问津的，这下好了，以后会涌出多少个陈思兵？遗书其实是把原来包在秘密之外的那层保护壳剥开了，这对我保守秘密显然不利。我不知道到底有多少人看过遗书，但我知道凡是看过的人，有多少人看过，就会有成多少倍的人像陈思兵一样来挖我深藏的秘密，来考验我对师傅的忠心。眼下，我最担心的是陈思思，我相信她一定会做陈思兵第二，对我提出无理的要求。我在等她的电话或信，就像等一个难逃的劫一样地等。

4月2日

宿舍。夜。晴。

陈思思的信没像我想的一样很快来，但还是来了，拿在手上沉甸甸的，摸着就知道不是封通常的信，里面也许堆满了用来深挖我秘密的铁镐、洋铲什么的。我捏着它，久久地捏着它，甚至有些不敢拆封。当然，信是不可能不看的，只是我需要做好足够的心理准备。为了给自己增添受考验的信心和防卫的力度，我居然把师傅的照片和遗书一齐放在案头，让我在看信的同时随时可以看到师傅临死的嘱咐。

我就是这样开始阅我曾经的恋人陈思思的信的。等阅完信，我才发现自己种种的担心是多余的，整封信，从头到脚，有关遗书上的事提都没提，好像是知道我怕她提，所以有意不提的。这使我怀疑师傅给我留遗书的事她可能并不知道，给阿兵打电话问，果然是这样。阿兵说给我留遗书的事他父亲要求他不能跟任何人提起，包括他姐姐思思。这也成了我彻底拒绝阿兵——他希望我告诉他"那件事"呢——的最好理由，我对他说：师傅这样做，就是因为考虑到我和你姐姐过去有的关系，担心我经不起她盘问，所以才特意对她隐瞒这事。阿兵听我这么一说，似乎才有所悟，感叹着说了一句"原来是这样"，然后挂了电话。我相信，阿兵以后再不会来找我问这事了。这样很好。真的很好。

我没想到的是，思思会把信写得那么长，十六开的信纸，总共写了十八页，每一页的字都满当当的，长得简直不像一封信。从变化的字体和断断续续的格式看，这信起码是分几天时间才写完的，最后落款时间是3月25日——这也是我第一次接到阿兵电话的时间。从信的内容看，与其说这是封信，倒不如说是份小说手稿，里面有感情，有故事，看着扣人心弦，令人欲罢不能的。

第二部分　一封来信

第一天

……红色的围墙，高高的，上面还拉着铁丝网，两扇黑色的大铁门从来都是关着的，开的只是一扇窗户一样的小铁门，荷枪实弹的哨兵在门口走来走去的，见了人就要看证件。小时候，我曾多次跟院里的孩子一道偷偷翻过山去，站在铁门外，看自己的大人一个个跨进小铁门，便消失了。我们偷着想溜进院子去看看，但没有谁是进去了的，也不知道为什么不让我们进去。长大了，我才知道，父亲从事的是秘密工作，所以红墙里头也是秘密的，没有证件，任何人都是进不去的。

因为保密，我们到现在也不清楚父亲具体工作的性质和内容，但从组织上对父亲的重视程度看，我相信父亲的事业一定是很神圣崇高的，同时可能也是很艰巨的，需要他竭尽全力地投入进去。母亲在世的时候经常唠叨，要父亲早点退休，因为她看父亲老待在红墙里，身体眼看着一年比一年差下来，人一年比一年衰老了。所以，以前我常常想，什么时候父亲才可以不工作，从红墙里解脱出来，做个平常的人，过平常人的生活。你调走后第二年，父亲终于有了这样一天。他已经六十五岁，是早该退休的年纪了。

想到父亲这下终于可以轻轻松松地过一个正常老人的生活，享享清福，我们简直别提有多高兴了。你也许不知道，父亲虽然一直忙于工作，很少顾念家庭，对我们的关心也少，但我们对父亲的感情依然是很深很真的，我们从不埋怨父亲给我们太少，相反我们理解他，支持他，敬重他。我们相信父亲的晚年一定会过得十分幸福的，因为我们都觉得父亲的生活太需要弥补了，他应该也必须有一个称心如意的晚年。为了让父亲退下来后有事情做，我们专门在家里种了花草，养了鱼鸟，一到节假日，就带他去走亲眷，逛公园。那阵子，阿兵还没去读研究生，也没谈女朋友，我要他没事多陪陪父亲，他也这么做了，一有空闲就围转在父亲身边，和他说话，陪他散步。阿兵小时候是在外婆家长大的，后来又一直在外地上学，跟父亲的感情有些疏淡。起初，我还担心他们不能太好地交流，后来发现我的担心是多余的，他们相处得很好，比我想象的还要好。我想，也许正是因为他们以前一直没有太好地交流，现在交流起来，常常有说不完的话，两人就像两个久违的好朋友，坐下来总有感兴趣的话题冒出来。就这样，父亲休息后的开头一段时间还是过得比较充实而快乐的，这让我们都感到由衷的高兴。

但你简直想不到，没过多久，也许有一个月吧，父亲便对这些开始腻味不耐烦了，看花不顺心，看鸟不入眼，和阿兵的话似乎也说光了，脾气似乎也变了，变得粗暴了，常常没个缘故地发牢骚，怨这怪那的，好像家里的一切都使他困顿、烦躁、不安。这时候，我们说什么做什么都可能会叫他不高兴，甚至一见我们挨近他，他就会不高兴，挥着手地喊我们走开。有那么一段时间，父亲简直活得太难受，每天都闷在房间里，像个影子似的，东转转，西转转，使我们感到心慌意乱。应该说，父亲不是那种喜怒无常、变幻难测的人，他对我们向来不挑剔，对生活也没什么过分要求，可这下子他似乎完全变了，变得挑剔、苛刻、专横、粗暴、不近人情。有一天，我不知说了句什么话，父亲竟然气愤地冲上阳台，把笼里的鸟放飞走了，把几盆花一盆一盆地都打个粉碎。这些东西一个月前他还很喜欢的，现在说不喜欢就不喜欢了。父亲对玩物是那么容易厌倦，像个孩子一样的，可他又哪像个孩子？每天老早起床，却是哪里也不去，什么事也不做，什么话也不说，从早到晚都在灰心、叹气、生气、发呆，好像受尽虐待似的。

有一天，我看见他在阳台上呆呆地立了小半天，我几次过去请他出去散散步，都被他蛮横地拒绝。我问他在想什么，有什么不高兴，需要我们做什么，他也不吱声，光闷闷地站在那里，一动不动，像个木头人，冬天的阳光静静地抹在他身上，照得他满头银发又白又亮地发着光。我透过窗玻璃看出去，几乎很容易就可以想象出他此刻的神情，那是一种我最熟悉不过的神情：绷紧的脸上有深刻的额纹，两只眼睛痴痴的，是不会转动的，嵌在松弛的眼眶里，仿佛随时都会滚出来，无声地落地。但是注视这张面具一样的面孔，透过表面的那层死气，你又可以发现底下藏着的是迷乱，是不安，是期望，是绝望。父亲的这种神情，陌生又似曾相识，常常使我陷入困顿。起初，我们看父亲不愿去老人俱乐部，以为是那里的气氛不好，于是我们就专门去请了一些父亲的老战友上家来会他。可他仍旧爱理不理的，和他们亲热不起来，常常几句话，几个眼色，就把人家冷淡走了。真的，父亲是没什么朋友的，在他临终前，我注意到来看望他的人，除了红墙里头的几位首长和我们家个别亲戚外，就没有多的一个人，你是他临终唯一想见的人，可能也是他唯一的朋友。父亲在单位里的人缘会这么差，这是我怎么也想不到的，是什么？荣誉？还是性格？还是工作？让他变得这么孤独，薄情寡义，缺朋少友，你能告诉我吗？算了，还是别告诉我的好，还是让我来告诉你，父亲为什么不能像其他老人一样安心又愉快地欢度晚年。

有一天，天都黑了，父亲还没有回家来吃晚饭，我们几个人到处找，最后终于在红墙那边找到他，他寂寞地坐在大铁门前，身边落满了烟灰和烟蒂。听哨兵说，他已在这里待一个下午了，他交出了证件，知道哨兵不会放他进去，所以就在门口坐着，似乎就这样坐坐、看看也叫他心安似的。他是丢不下红墙！丢不下那里面的工作！我想，这就是他无法安心休息的答案。你知道，父亲从二十一岁跨进红墙大门，前后四十余年，一直专心致志于他神秘又秘密的工作，心无二用，毫无保留，其认真程度几近痴迷。他沉醉在红墙里面，心早已和外界隔离，加上特殊的职业需要他离群索居，封闭禁锢，年复一年的，外面的世界，外面的人其实早已在他心目中模糊了，消失了。当他告别那世界，突然从红墙里走出来，看到听到和感到的一切都让他觉得与己无关，恍若隔世的，所以就感到无聊，虚空，枯燥，不可容忍，无法亲近。这是一个职业狂人对生活的态度，在他们眼里，日常生活总是琐碎的，多余的，死气沉沉的。我记得巴顿将军曾说过这样一句话：一个真正的军人应该被世上的最后一场战争的最后一颗子弹打死。父亲的悲哀大概在他没倒在红墙里，没有给那颗子弹击毙。

哦，父亲，你哪有什么幸福的晚年，今天当我决定要把你晚年的生活情形告诉你唯一的朋友时，我突然觉得这是一件多么痛苦的事。现在我才说了个开头，可我已经感到说不出去的难受，心痛欲哭。我真想把一切都忘了，我的感情经不起对你的回忆，可作为你的女儿，我又希望你的朋友了解你，认识你，真正地了解和认识你。只有真正了解了你的晚年，才能真正认识你的一生。你的晚年真苦……

第二天

自腻味了养花弄草后，有将近两个月时间，父亲一直无所事事，郁郁寡欢的，时常一个人坐在沙发里，佝偻着腰，一边吸着烟，一边咳嗽着。不知怎么回事，那段时间里，父亲的健康状况特别不佳，老毛病高血压常常犯，而且越升越高，最高时竟达到280，平时都在200左右，真急死人。同时又新犯了气管炎，咳嗽咳得地动山摇的。这一定与他当时抽烟太多有关。父亲的烟瘾原本就凶，天天两包烟还不够的，那阵子因为无聊，抽烟就更多了，一条烟一眨眼便没了。我们劝他少抽点，他说他抽的是自己的钱，不是我们的，简直叫我们无话可说。听说他曾几次找到部队首长，要求重新回红墙里去工作，但都没有得到同意。我想父亲经常去要求一定是叫领导烦了，有一天老王局长还找到我，要我们多想想办法，尽量安顿好父亲的生活。我们又何尝不想呢？我们是想了又想，努力又努力，只是都无济于事而已。

到了冬天，有一天晚上，父亲吃罢夜饭，照例坐在沙发上吸烟。烟雾从父亲的嘴巴和鼻孔里吐出来，像是父亲心中叹出的气流，弥漫在屋子里，成为一种沉重气氛，笼罩着我们，令我们心情紧张，唯恐稍有不是，惹了父亲一触即发的脾气。阿兵打开电视机，希望有父亲爱看的节目，打开来一看，是围棋讲座，黑黑白白的棋子像甲壳虫一般错乱地散布在一方白墙上，一男一女一边讲解一边演示的，不懂的人看着一定莫名其妙。阿兵是有围棋瘾的，见了这东西下意识地看起来，我虽然也爱看（是被阿兵熏陶出来的），可想父亲怎么会喜欢这玩意儿呢，就叫阿兵换频道。阿兵看看父亲，父亲眯着眼，百无聊赖地看着，问他看不看，他不理也不答。等阿兵换了频道，他却说要看刚才的，好像刚才他没听见阿兵问话似的。阿兵换过频道，父亲看一会儿问这是什么棋。阿兵告诉他，并简单介绍了围棋的一般知识。父亲听了也没有什么表示，只是看着讲座，一直看到完为止。

第二天同时，父亲又看起了讲座，而且好像看出了什么滋味一样，神情专注，若有所思的。我问父亲看懂了没有，父亲却说我们下一盘吧，听得我很久才反应过来。我的水平很一般，但对付似懂非懂的父亲应该还是绰绰有余的。我们下棋时，阿兵一直站在父亲一边，准备随时指点他。开始，父亲还乐意让阿兵指点，不过指点了十几着棋后，父亲已经不听他指点的，说要自己下。下得虽然很慢，每一步棋都深思熟虑的，但下来的棋似乎总是有点离谱，缺乏连贯性，感觉是溃不成军的。但到中盘时，我和阿兵都愣了，刚刚还是没气没势的棋面，转眼间变得活灵起来，变出很怪异的阵势，开始压制我，捣乱我，弄得我不得不也放慢节奏，子子计较起来。很快我又发现，我要想挽回主动已经很难，父亲步步为营，几乎毫无破绽，逼得我经常不知如何出棋。父亲一方面极力压制我的气路，咬紧我，切割我，围堵我，虽然吃力、被动，却坚定不移，顽强不屈；另一方面父亲似乎自身有一套预定的计划在展开、落实，意图隐蔽，设置巧妙，弄得我危机四伏的。局势不断演化，黑白棋子互相交错着，棋面上越来越形成一个特殊的图案，我们争抢优势的用心也越来越良苦，出手越来越顾虑重重。收官时，父亲的优势是明摆着的，但也许求胜心切，父亲想吃我一目棋，结果白白让我吃掉几目子。后来，父亲虽然机关算尽，东敲西击，极力想扳回局面，力挽狂澜，到底没有回天之力。第一盘就这样告终，父亲输了三目子给我。

但第二盘父亲就赢了我。

接着，我们又下三盘，父亲连连赢我，而且愈赢愈轻松，到最后一盘，我甚至下不到中盘就败下阵来。然后阿兵上阵，两人连下七盘，结果跟我一样，阿兵只赢了第一盘，后面六盘又是连输。想想看，父亲几天前甚至连围棋是方是圆都还懵懂不清的，转眼间却杀得我们两人都稀里糊涂的，父亲在围棋桌上的表现使我和阿兵都感到十分惊讶。

第二天，阿兵去他们单位请来了一位围棋手，棋下得比阿兵要高出一个水平，平时阿兵和他切磋一般他都让两个子，这样下起来才有个较量。那是一个雪后初晴的日子，冬天的第一场大雪来得仓促去得也匆忙，而世界却突然被简化得只剩下温柔和洁白。应该说，这真是个居室对弈的好日子。首盘，父亲开局不佳，没投出二十手，就投子认输了。我不清楚你懂不懂围棋，要懂的话应该明白开局认输绝不是平凡棋手的作风。古代有"九子定输赢"的典故，说的是一位名叫赵乔的棋圣跋山涉水，周游全国，为的是寻找对手，杀个高低分明，终于在渭河岸边，凤山脚下，遇到一个长发女子，丈夫从军在外，家里无米下锅，便日日以摆棋摊谋生。两人依山傍水，坐地对弈。赵才投出九子，女子便投子认输，称自己必输一子。赵不相信，女子絮絮道来，整盘棋讲得头头是道，高山流水，滔滔不绝的，但怎么说都是一子的输赢。赵听罢，甘拜下风，认女子为师。就是说，父亲能从十几目子中，看出输赢的结局，正说明他有深远的洞察力，善于通盘考虑。由此我怀疑来人今天必定要输给父亲，因为棋术的高低，说到底也就是个看棋远近的能力。果然后来五盘棋，父亲盘盘是赢，来人简直不相信我们说的——父亲昨天晚上才学会下棋！

我可以说，父亲对围棋的敏感是神秘的，他也许从第一眼就被它吸引爱上了它，他们之间似乎有一种天然的默契。围棋的出现救了父亲，也帮了我们大忙，以后很长一段时间，父亲都迷醉在围棋中，看棋书，找人下棋，生活一下子得到了充实，精神也振作起来。人的事说不清，谁能想得到，我们费尽心思也解决不了的难题，却在一夜之间迎刃而解。

起初父亲主要和院子里的围棋爱好者下，经常出入单位俱乐部，那里基本上集合了单位里的大部分围棋手。他们的水平有高的，也有低的，父亲挨个跟他们下，见一个，下一个，却是下一个，赢一个，下到最后——也就是个把月吧，跟他下过棋的人中，没有哪一个是不服输的。当然，俱乐部不是什么藏高手的地方，那些真正的棋手一般是不到俱乐部下棋的。他们到俱乐部来干什么呢？他们倦于俱乐部的应酬，因而更喜欢安居家中，藏而不露的。一个月下来，父亲就成了这样一位棋手——不爱去俱乐部下棋的棋手。俱乐部锻炼了他，使他的棋路更为宽泛、精到，但这里的棋手水平都一般化，父亲已经寻不见一个可以与他平等搏杀的对手。没有对手的对弈有什么意思？父亲感到了胜利的无趣，就断了去俱乐部的念头。这时候，父亲开始走出去，和驻地镇上的棋手们接触、比试。但是不到夏天，驻地县城一带的高手也全做了父亲手下败将。就这样，短短半年时间，父亲竟然由当初的不懂围棋，迅速成了当地众所公认的围棋高手，独占鳌头！

那以后，我和阿兵，还有我现在的爱人（你就喊他小吕吧），经常上市里去给父亲联系棋手，找到一个，邀请一个，安排他们来和父亲对弈，以解父亲的下棋瘾。尽管这样找棋手是件劳力费神的麻烦事，但看父亲沉醉在棋盘上的痴迷模样，我们乐此不疲。起初，我们寻棋手寻得有些麻烦，主要是靠熟人介绍，找来的棋手水平常常良莠不齐的，有的虽然名声不小，却是井底之蛙，并无多少能耐，好不容易请来了，结果却是叫父亲生气。因为他们棋术太一般，根本无法跟父亲叫阵。后来，阿兵通过朋友认识了一个人，他爸是体委主任，通过主任引荐，我们跟本市的围棋协会接上了头。从此，我们根据协会提供的棋手情况，按他们棋术的高低，由低到高，一个个去联络邀请。

围棋协会掌握了三四十名棋手，他们基本上代表了本市围棋的最高水平，其中有一位五段棋手，是本市的围棋冠军。这些人都身经百战的，下棋有着有式，身怀绝技，于无声处中暗藏着杀机，而父亲充其量是一个聪灵的新手而已。可想而知，开始父亲根本不是他们的对手，一比试，父亲就同鸡蛋碰石头一样的。但是怪得很，简直不可思议！最好的棋手，只要和父亲一对上阵，他那截原本高出的优势,很快就会被父亲追上、吃掉,然后就是超过,远远超过。也就是说,面对一位高手,父亲起先也许会输几盘,但要不了多久父亲肯定会转败为胜,并成为他永远不可战胜的对手。父亲的棋艺似乎可以在一夜之间突飞猛进,同样一位棋手,昨天你还连连赢他,而到第二天很可能就要连吃败仗。说真的,来了那么多位名人高手,几乎没有谁能与父亲对弈、相持一个礼拜以上的,他们来时盘盘是赢,称王称霸的,但结果无一例外都成了父亲的手下败将。父亲完全是一个神秘的杀手,任何对手最终都将败在他手下。这对父亲来说简直是像定理一样不能例外!后来父亲经常说,他每次跟一位新棋手下棋,担心的总不是输给对方,而是怕对方一下子输给他。父亲也知道我们寻一个棋手的不容易啊,好不容易请来一个如果上来就败,非但叫我们沮丧,父亲自己也会很懊恼的。父亲是渴望刺激的,他总喜欢有一个强敌立在面前,然后让他去冲杀,去征服,使出浑身解数的。他受不了那种没有搏杀、没有悬念的对弈,就像平常无奇的生活叫他厌倦一样的。

我记得那是中秋节前后的一天下午,我坐在阳台上看书,客厅里父亲和市里那位五段冠军棋手在下棋,一盘接一盘的,从中午一直杀到下午的很晚时候。其间,我不时听到他们开始又结束、结束又开始的简单的对话,从不多的话中,我听出父亲又是在连赢。偶尔我进去给他们添水,看父亲的神情,总是坦坦然然的,呷着盖碗茶,吸着香烟,一副怡然自得的样子,而那位冠军棋手则是烟不吸、茶不喝的,两只眼睛死死盯着棋盘,显现出一种不屈、一种挣扎、一种咬紧牙关的劲道,偶尔举手落子,举起的手常常悬在空中,好像手里捏的不是一枚棋子,而是一枚炸弹,投不投或投向何处都是慎之又慎又犹豫不定的。他的沉思是一目了然的,脸上的肌肉绷紧,发硬,似乎思索是一种肉体的使劲。相比之下,父亲似乎更有一种举重若轻的感觉,平静,泰然,悠闲,好像思绪的一半已从棋盘上飞开,飞出了房间。后来,我又听见他们在收子的声音,接着是冠军棋手在说:我们再下一盘吧?我听到,父亲回答的声音很断然,说:就这样吧,再下我就得让你子了,我是不下让子棋的。

父亲总是这样不客气地拒绝所有手下败将,这多少使人接受不了,何况是一位众星捧月的冠军棋手。冠军棋手走之前对我丢下一句话,说我父亲是个下围棋的天才,他会杀败所有对手的。

听见了吧,他说,我父亲会杀败所有对手的。

然而,你想想看,在这个城市里,谁还能做父亲的对手?

没有了!

一个也没有了!

啊,说起这些,我总觉得父亲是那么陌生,神秘,深奥。也许你要问,这是真的吗?我说是的,这是真的,全是真的。然而,我自己也忍不住要怀疑它的真实,因为它太离奇了。

第三天

下午都过去一半了,而我的三位同事还没来上班。他们也许不会来了。天在下雨,这是他们不来的理由。这个理由说得出口,也行得通,起码在我们这。然而,我想起父亲——对父亲来说,什么是他不上班的理由?在我的记忆中,我找不到父亲因为什么而一天不进红墙的日子,一天也没有。哪天我们要是说,爸爸,今天你请个假吧,妈妈需要你,或者家里有什么事,需要他一天或者半天留在家里；这时候父亲会收住已经迈出的脚步，站下来默默地想一下。你虔诚地望着他，希望用目光争取把他留下来。但父亲总是不看你，他有意避开你的目光，看看手表或者天空，犹豫不决的，为走还是留难为着。每次你总以为这次父亲也许要留下来了，于是你上前去，接过他手中要戴还没戴上的通行证，准备去挂在衣帽钩上。就这时，父亲似乎突然有了决定，重新从你手夺回通行证，坚决地对你说：不，我还是要去。

总是这样的。

父亲要拒绝我们的理由总是简单，却十分有用，而我们要挽留他的理由虽然很多，却似乎没有一个有用的。就是母亲病得最严重，不久便要和他诀别的那几天，父亲也没有完整地陪过母亲一天。

我的母亲是病死的，你也许不知道，那是你来这里前一年的事。母亲的病，现在想来其实很早就有了症状的，我记得是那年春节时候，母亲便开始偶尔地肚子疼。当时我们没有多想，母亲自己也没当它回事，以为是一般的胃病，疼起来就喝一碗糖开水，吞两片镇静片什么的。疼过后就忘了，照常去上班。听说母亲开始是在省直机关工作的，嫁给父亲后才调到这单位，却不在总部，在另外一个处，有十几里路远，一天骑自行车来回两趟，接送我们上下学，给我们做饭洗衣，十几年如一日的。说真的，在我印象里我们这个家从来是母亲一个人支撑着的，父亲对家里的事情从来是不问不顾的。你知道，家属院区离红墙顶多就是四五里路，走路也就是半个钟头，但父亲总是很少回家来，一个月顶多回来一次，而且总是晚上回来第二天早上就走的。我记得有一天晚上，是父亲很久没回来的一个晚上，当时我们都在饭厅吃饭，母亲的耳朵像长了眼睛似的，父亲还在屋子外头几十米远呢，我们什么都没觉察到，母亲却灵敏地听见了，对我们说：你们爸爸回来了。说着放下碗筷，进了厨房，去准备迎接父亲了。我们以为是母亲想爸爸想多了，出现了什么幻觉，但等母亲端着洗脸水从厨房里出来时，果然听到了父亲走来的沉重的脚步声……

在家里，父亲总是默默无言，冷脸冷色的，既不像丈夫，也不像父亲。他从来不会坐下来和我们谈什么，他对我们说什么总是命令式的，言简意赅，不容置疑的。所以，家里只要有了父亲，空气就会紧张起来，我们变得蹑手蹑脚，低声下气的，唯恐冒犯了父亲。只要我们惹了父亲，让他动气了，发火了，母亲就会跟着训斥我们。在我们与父亲之间，母亲从来都站在父亲一边，你说怪不怪？我可以说，作为丈夫，父亲比世上所有男人都要幸福，都要得到得多。母亲的整个生命都是父亲的，好像父亲把自己一生都献给红墙里一样，母亲则把她的一生都献给了父亲，献给了她的迷醉在红墙里的丈夫！

我一直没能对生活，对周围的一切做出符合逻辑的理解，你比方说母亲，她似乎天生是属于父亲的，然而母亲嫁给父亲既不是因为爱，也不是因为被爱，而仅仅是"革命的需要"。母亲说，以前父亲他们单位的人，找对象都是由组织出面找的，对方必须经过各种政治的、社会的、家庭的、现实的、历史的等审查。母亲就是这样嫁给父亲的，组织安排的，当时母亲才二十二岁，父亲却已经三十多岁。母亲还说，她结婚前仅仅和父亲见过一次面，而且还没说上两句话。我可以想象父亲当时会怎样窘迫，他也许连抬头看一眼母亲也不敢。这是一个走出红墙就不知所措的男人，他不是来自生活，来自人间，而是来自蒸馏器，来自世外，来自隐秘的角落，你把他推出红墙，放在正常的生活里，放在阳光下，就如水里的鱼上了岸，会怎样尴尬和狼狈，我们是可以想得到的。想不到的是，一个月后母亲便和父亲结婚了。母亲是相信组织的，比相信自己父母亲还要相信。听说当初我外婆是不同意母亲嫁给父亲的，但我外公同意。我外公是个老红军，自小是个孤儿，十四岁参加革命，是党把他培养成人，受了教育，成了家，有了幸福的一生。他不但自己从心底里感谢党，还要求子女跟他一样，把党和组织看作比父母还亲。所以，母亲从小就特别信任组织，组织上说父亲怎么怎么地好，她相信，组织上说父亲怎么怎么了不起，她也相信。总之，父亲和母亲的婚姻，与其说是爱情的需要，倒不如说是革命工作的需要。可以说，嫁给父亲，母亲是作为一项政治任务来完成的——我这样说母亲听见了是要生气的，那么好吧，我不说。

母亲的肚子疼，到了五月份（1982年）已经十分严重，常常疼得昏迷不醒，虚汗直冒的。那时阿兵正在外地上大学，我呢刚好在乡下搞锻炼，虽然不远，就在临县，来回不足一百公里，但是很少回家，一个月回来一趟，第二天就走的，对母亲的病情缺乏了解。父亲就更不可能了解了，不要说母亲病倒他不知道，就是自己的病他也不知道，何况母亲还要跟他隐瞒呢。你看看，母亲关心我们一辈子，可是她要我们关心的时候，我们全都失职了。而母亲自己，她忙于顾念这个家，顾念我们三个，忙里忙外的，哪有时间关心自己？她的心中装我们装得太重太满了，满得已经无法装下她自己。这个从小在老红军身边长大的人，从小把党和组织看得比亲生父母还要亲的人，我的母亲，她让我们饱尝父母之爱，人间之爱，却从来没有爱过自己。啊，母亲，你是怎样地疲倦于我们这个不正常的家！你重病在身却硬是瞒着我们，跟我们撒谎；你生了病，内心就像做了一件对不起我们的错事一样地歉疚。啊，母亲，现在我知道了，你和父亲其实是一种人，你们都是一种不要自己的人，你们沉浸在各自的信念和理想中，让血一滴一滴地流出、流出，流光了，你们也满意了。可是你们不知道——谁也不知道——我们内心无穷的悔恨和疚愧！

母亲的病最后还是我发现的，那天晚上，我从乡下回来，夜已很深，家里没有亮灯，黑乎乎的。我拉开灯，看见母亲的房门开着，却不像往常一样出来迎接我。我喊了一声，没有回音，只是听见房间里有动静。我走进房间去，打开灯，看见母亲蹲在地上，头靠在床沿上，因为痛苦而扭曲的脸上，流着两串长长的泪水，蓬乱的头发像一团乱麻。我冲上去，母亲一把抓住我，顿时像孩子似的哭起来。我问母亲怎么了，母亲呜咽着说她不行了，喊我送她去医院，泪水和汗水在灯光下明晃晃地耀眼。我从没见过母亲这样痛哭流涕的样子，她佝偻的身体像遭霜打过的菜叶一样蔫巴巴的，在昏暗的灯光下，就像一团揉皱的衣服。第二天，医生告诉我母亲患的是肝癌，已经晚期，绝不可能救治了。

说真的，写这些让我感到伤心，太伤心了！我本是不愿意讲的，但是讲了我又感到要轻松一些。我想，无论如何母亲是父亲的一个部分，好像红墙这边的家属区是这整个大院的一部分一样。母亲是父亲的妻子，也是战友，以身相许的战友，让我在祭奠父亲的同时，也给母亲的亡灵点上一根香火，啼哭一声吧……

第四天

黑暗已经把整个院子笼罩了，可是还要把它的气息和声音从窗户的铁栅中塞进屋来。灯光柔和地照亮着稿纸，也照亮了我的思绪。凝视稿纸，不知不觉中它已变成一张围棋谱，父亲的手时隐时现，恍恍惚惚的——我又看见父亲在下棋。

然而，谁还能同父亲下棋？

到了第二年秋天，父亲的围棋已经彻底走入绝境，我们再也找不出一名棋手来满足父亲下棋的欲望。因为名声在外，偶尔有不速之客慕名而来的，但正如我们预料的一样，他们的到来不但不能叫父亲高兴，而且常常叫父亲生气。不堪一击的生气。父亲是不愿意与那些棋艺平平的人下棋的，更讨厌下让子棋。然而，现在周围谁的棋艺又能被父亲视为不平常？没有。父亲在一年多时间里一直潜心钻研围棋技术，已经洞悉了围棋技术的奥秘，加上经常和四面八方找来的行家高手比试、切磋，久经沙场，已使他棋艺炉火纯青，登峰造极，起码在这个城市里。

找不到对手，没有棋下，父亲的生活再度落入无聊的怪圈，危机四伏的。我们曾再次想在其他方面，诸如旅游、书法、绘画、气功、太极拳等方面培养父亲一些兴趣，但父亲对这些东西表现出来的冷淡和愚钝，简直令我们泄气。有一回，大院里来了一位气功师，组织大家学打太极拳，我硬拉着他去，天天拉，天天催，总算坚持了一个礼拜，结果三十几位老头老太都学会了，我偶尔去了几次，也都看在心上，打起来有模有样的。而父亲天天去，天天学，却连最基础的一套也打不好，打起来就别别扭扭的，记了前面忘了后头的，真正要气死人。他这些方面表现出来的愚笨，与在围棋运动中显露出来的深不可测的智商和聪敏相比简直判若两人。父亲似乎是个怪诞的人，一方面他是个超人，具有超常的天赋，而另一方面则冥顽不化的，迟钝还不及一个常人。从某种意义上说，一个容易囿于某种单一思想而不能自拔的人，他用来局限自己的范围愈小，他在一定意义上就可能愈接近无限。我疑虑的是，父亲凭什么能够在围棋运动中有如此出色的表现，他真的是个天生好棋手吗，或者还有什么别的原因。

据我个人经验，我深感围棋是考验、挖掘人类智能的一门运动，它和象棋、军棋以及其他棋类都有着严格的区别。拿中国象棋和围棋比较，象棋更有游戏、玩弄的成分，而围棋则要复杂、深奥得多了。围棋的每一个子目杀伤力本身都没有高下大小之别，同样一个子，既可能当将军，也可以做士兵，只看你怎么投入、设置，一切均在主人的机巧与否之中。而象棋则不同，车、马、炮，各有各的定式：车走一溜烟，炮打隔一位，马跳日，象飞田，兵卒过河顶头牛。这种天生的差别、局限，导致象棋的棋术总的说是比较简单的，不深奥。而围棋的情形就大不一样了，如果说象棋对棋手的智力存在着限制，那么围棋恰恰具有对智力无限的挑战性，围棋每个子目本身都是无能的，它的力量在于棋盘的位置上，在一个特定的位置上，它的力量也是特定的。所以，围棋更需要你有组合、结构的能力，你必须给它们设置一个恰到好处的位置，努力连接它们，贯穿它们，连贯的过程也是壮大的过程，只有壮大了，才能生存下来。但围棋的组合方式又是无限的，没有定式的，或者说定式是无限的。这无限就是神秘，就是诱惑，就是想象，就是智能。围棋的胜负绝不取决于任何刁钻的偶然性，它是下棋双方尖利心智厮杀与对搏的游戏，是坚硬人格的较量和比试，它的桂冠只属于那些心智聪颖、性情冷硬专一的天才。在他们身上，想象力、悟性、耐心以及技巧，就像在数学家、诗人和音乐家身上一样地发挥作用，只不过组合方式的表现形式不同而已。父亲在围棋运动中表现出来的怪异才能，莫名其妙的出奇制胜的本领，以及他明显不甘应酬、不愿与手下败将对弈的孤傲和怪僻，不但令我们迷惑不解，就是那些鱼贯而来的棋手，他们同样也感到神奇而不可理喻。

很显然，光用"偶然之说"来解释父亲的"围棋现象"是难以令人满意的，那么究竟是什么促使父亲对围棋有如此非常的才智？我自然想到了神秘的红墙世界。我要说，这是我见过的世上最神秘深奥的地方，这么多年来，每天每夜她都在我的眼皮底下，然而她却从来不看我一眼，也不准我看她一眼。她外面高墙深筑，森严恐怖的，里面秘不示人，深不可测的。我不知道，也不可能知道，父亲在里面究竟干着什么样的秘密工作，但我感觉父亲的工作一定跟围棋有某种暗通之处。换句话说，围棋有可能是父亲从事的秘密职业的一部分，是父亲职业生涯中的一个宿命的东西，他不接触则罢，一旦接触了，必将陶醉进去，就像陶醉于他过去的职业中一样地陶醉，想不陶醉也不行。因为是职业病，是身不由己的……

第五天

父亲是个神秘的棋手，他的棋艺比愿望还长得快，到了第二年（1995年）秋天，他已找不到一个对手，可他还是常常坐在铺好棋布的桌子前，等待他梦想中的对手来挑战。他认为，在这个几十万人口的地区级城市里，总会有那么一些身怀绝技的黑道棋手，他们蛰伏在城市的某个角落，也许有一天会嗅到这个角落里藏着他这位神秘棋手，然后便赶来和他厮杀。可时间一个月接连一个月地过去，慕名而来的棋手来了一拨又一拨的，可就是没有一个称得上对手的棋手出现，甚至他们赶来本身就不是准备来搏杀的，而是来讨教的，见了父亲无一不是谦虚谨慎的。

一般来了人，只要是不认识的，以前没交过手的，父亲总是喜滋滋的。但等下上一两盘后，父亲的脸色就越来越难看，并以他擅长的沉默表示不满。有时候对方水平实在太差，父亲还会训斥他们，气急败坏的样子，很叫人难堪的。看着来的人都一个个不欢而走，我知道以后来的人只会越来越少，父亲要找到真正能对阵搏杀的棋手的可能性也将越来越小，在这个城市里，简直就没有这种可能。于是我跟阿兵商量，建议他考研究生，考到省城里去。我是这样想的，等阿兵考上研究生，我们就把家搬到省城，这样小吕也会高兴的，他父母就在省城。但说真的，我这不是为小吕想的，主要是想这样父亲就找得到下棋的人了，毕竟省城围棋下得好的人要多得多。事实上，阿兵就是这样才着手去考研究生的，可等到第二年春天，阿兵的研究生已经考过试了，但父亲却似乎无须去省城了。

事情是这样的，有天下午，又有一人来找父亲下棋，连着下了五盘，父亲居然没有一盘赢的。这是父亲沾手围棋来从没有过的事，开始我们以为这个人的棋下得很好，没太在意，甚至还庆幸，想父亲这下可以过上一阵子棋瘾了。但随后一段时间里，父亲接二连三地都输给了好多来找他下棋的人，而且一输就是连输，下几局输几局，节节败退的，毫无往日的风光。这些人去外面说他们赢了父亲，过去跟父亲下过棋的人都不相信，纷纷打电话来问有没有这些事。我们说有,他们就觉得奇怪了,因为他们了解这些人的棋其实下得都很一般。于是一时间找父亲来下棋的人又多了,他们中无一不是父亲以前的败将,而现在父亲无一例外都输给了他们,包括连我和阿兵他都要输,简直像是不能下棋了,昔日他神秘的"见棋就长"的棋艺,如今似乎在一夜间都神秘地消逝了,变成了"见人就输"。

这到底是怎么回事?

慢慢地,我们发现父亲现在下棋有个毛病,好像不相信自己眼睛似的,常常是明摆着的好棋不下,非要下个莫名其妙的棋,弄得你哭笑不得的,以至我们有时想故意让他赢一局都做不到。还有一怪的是,父亲现在对输赢几乎也是无所谓的,不像以前输了要生气怎么的,现在输了他照样乐滋滋的,感觉好像是他赢了一样的。我们觉得这有些不正常,但看他平时又好好的,甚至比以往什么时候都要开心,人也爽朗得多,所以没往坏的方面去想。直到有天晚上,阿兵回来,父亲居然把他当作你又喊又抱的,像傻了似的。我们一个劲地跟他解释阿兵不是你,可他就是不信,真正像傻了似的。我们这才突然警觉起来,决定带他去医院看看。有趣的是,等阿兵进房间去换了一套衣服出来后,父亲好像又醒过来了,不再把阿兵当你了。要说,这是我们第一次看到父亲发病。那种怪病,那种你简直不能想的怪病。

去医院看,医生认为这只是一般的老年性糊涂,叫我们平时注意父亲的休息,不要让他过分用脑费神什么的就是了。这样,我们基本上挡掉了来找父亲下棋的人,同时也给他配了一些缓解心力疲劳的药吃。没有棋下,我担心父亲一个人在家待着难受,想到阿兵读研究生的事基本已定,原单位对他也比较另眼相看的，于是就让他请了一段时间假，专门在家里陪父亲。每天，我下班回家，总看见父子俩围着桌子在下棋。我问阿兵父亲赢了没有，每一次阿兵总是摇头，说：父亲的棋现在下得越来越离谱了，你想输给他都不可能，就像以前你想赢他不可能一样。

围棋下不好，我就怀疑父亲的糊涂病还要发。果然，有一天清早，天才蒙蒙亮，我和阿兵还在睡觉呢，突然听到父亲在外头惊动的声音。我先起来看，父亲竟把我当作了我妈，问我这是在哪里。我说这是在家里，他硬是不相信，要走。后来阿兵从房间里出来，他居然吓得浑身哆嗦起来，跟阿兵连连道歉，那意思好像是我们——他和我妈——进错了家门，要阿兵这个"陌生人"原谅似的。就这样，我们又把他送去医院，要求给父亲做住院治疗。结果当天晚上，父亲就从医院跑出来，你怎么劝也不行，拉也拉不住。父亲自己认为他没病，医生给父亲做各种检查，也认定父亲没什么病，神志很清醒，不会有什么精神错乱。

但我们知道，父亲的精神肯定是有了问题，只不过他的问题表现得有些怪异而已，好像他犯病不是在犯病，而是周围的事情在跟他捉迷藏似的。有一天晚上，我陪他去散步，走到楼道口，见地上丢着一个小孩子玩的红皮球，回来时候皮球还在老地方放着，父亲认真地盯着皮球看了一会儿，掉头走了。我问他去哪里，他说回家。我说我们家不就在这里嘛，他居然指着皮球跟我说了一大堆道理，意思是说：这个皮球并不是我们家门口固有的东西，既然不是固有的，它出现在这里就可能是用来迷惑人的，而迷惑人的东西不可能是一成不变的，等等，等等，说得我简直云里雾里。我看他这么在乎这个皮球，趁他不注意把皮球踢到黑暗里，然后父亲看皮球没了，就嘀嘀咕咕地回家了。那段时间他经常这么嘀嘀咕咕的,嘀咕的是什么,我和阿兵始终听不懂,感觉好像在背诵一首诗,又像在教训谁似的。但这天我终于听懂了这个嘀咕声,说的是这样的:

> 你肯定不是你
> 我肯定不是我
> 桌子肯定不是桌子
> 黑板肯定不是黑板
> 白天肯定不是白天
> 晚上肯定不是晚上
> ············

这算什么?诗不像诗,歌不像歌的,说民谣都算不上,父亲怎么就老是念念不忘的?我很奇怪,到了家里,就问父亲这是什么意思。父亲很茫然的样子,问我在说什么,我就把他刚才嘀咕的几句话复述了一遍,不料父亲顿时睁圆了眼睛,问我这是从哪听来的,好像这个是什么说不得的事一样。我如实说了,父亲更是大惊失色,再三要我把这事忘了,并一再申明他绝没有这样说过,好像这是个天大的秘密被他泄露了似的。看着父亲这么惶惶恐恐的样子,我马上敏感地想到,这一定是红墙里头的东西……

第六天

红墙!

红墙!

你里面到底藏着什么神秘?

你怎么老是弄得人紧紧张张、奇奇怪怪的?

我一直在想,父亲晚年古怪的才也好,病也罢,肯定跟他在红墙里头秘密的工作是有关的。换句话说,这些可能都是父亲的职业病,职业的后遗症。因为职业的神秘,以至职业病也是神神秘秘的,叫人看不懂,想不透。

解铃还得系铃人。我想,既然父亲的病可能是他职业引起的,那么红墙里的人也许会知道怎么对付它。就这样,有一天我找到老王局长,他来过我家几次,给我印象好像对父亲挺关心的。王局长听我说完父亲的病情后,久久没有吱声,既没有惊异也没有同情,只是有一种似乎很茫然的表情。他问我父亲现在在哪里,我说在家里,他就让秘书拿了两条烟,跟我回家来。来到家里,我看门开着,而父亲却不在家里,问守门的老大爷,老大爷说我父亲绝对不可能出院子的,因为他半个小时前还看见过我父亲,就在院子里。但我们把整个院子都找遍了,也没见父亲的影子,好像父亲凌空飞走似的。结果你想父亲在哪里?就在我家前面那栋楼的楼道里!我们找到他时,他正拿着我们家的钥匙,在反复开着人家的门,你说荒唐不荒唐?连自己家都认不得了!我们带他回家,可是一进家门,父亲又退出来,坚决说这不是我们家。我简直拿他没办法。可王局长似乎马上想到了办法,他让我带父亲先出去,过了一会儿,他又出门来喊我们回去。走进家时,我注意到家里发生了一些变化,比如沙发上的套子不见了,原来放在餐桌的鲜花被移到了茶几上,还有一些小摆设也被挪动了位置,而父亲恰恰看了这些变动后,相信这就是我们家。你说奇怪不奇怪?太奇怪了!

这天,王局长在告别时,教了我一个对付父亲犯糊涂病的办法，说以后父亲要对什么一下犯了糊涂，我们不妨将父亲眼前的东西临时做一点改变，就像他刚才把房间里几件小东西挪了挪位置一样。说真的，开始我不相信，但试过几次后，发现这一招还真灵验，比如有时候他突然把我和阿兵当作另一个人时，我们只要换件衣服或者变换一下发型什么的，他也就跟梦醒似的又重新认识我们了。其他情形也是这样，反正只要我们"随机应变"，犯病的父亲就会"如梦初醒"。后来，我们还不经意发现了一个"绝招"就是：只要家里开着电视机或者放着广播，他就不会犯"家不是家"的糊涂。这可能是因为电视画面和收音机里的声音随时都在变化的缘故吧。有了这个"发现"后，我们当然减少了一个大麻烦，起码让他回家是不成什么大问题了。但新的麻烦还是层出不穷的，比如今天他把某个人弄错了，明天又把某句话的意思听反了，反正一会儿这样一会儿又那样的，什么稀奇古怪的洋相都出尽了。你想想，他老是这样，红墙里的人也许能理解，不是红墙里的人会怎么想他？到后来，院子里很多家属都说父亲犯了神经病，躲着他。

你想想看，这样一个人，随时都可能犯病的人，谁还敢让他单独出门？不敢的，出了门谁知道会闹出什么事？什么事都可能闹出来！所以，后来父亲出门时我们总是跟着他，跟着他出门，跟着他回家，就像一个小孩子，一会儿不跟，我们就可能要到处去找才能把他找回来。当然，阿兵在家的时候，这似乎还不是问题，可到下半年，阿兵去省城上学了，读研究生了。我说过的，本来我们想借此把家搬去省城的，为的是让父亲有下棋的对手，现在看一是不必要了，二是也不可能了。父亲这样子还能去哪里？只能等在这个院子里！这里的人大家都熟悉，父亲有个三长两短什么的，人们能够谅解，也安全，去了省城，人生地不熟，不出事才怪呢。可是阿兵走了，家里只有我一个人，我顾了工作就顾不了父亲，顾了父亲又顾不了工作，怎么办？我只好又去找王局长。王局长也没办法，想来想去只有一个办法：把父亲送进医院。

我知道，父亲是不愿去医院的，可王局长说这是组织的决定，不愿意也只有愿意了。对组织上的决定，父亲一向是不讲条件的。通过王局长的努力，父亲没有被送进精神病院，而是进了灵山疗养院。这个结果我是满意的，把父亲送到疗养院，我看那里的环境、条件、气氛，包括离家的路程，都比我想的要好，心头就更满意了。没想到，我满意还不到三天就又后悔了，深深地后悔了……

这一天，疗养院打电话来说"父亲出事了"。我和王局长赶去"解决事情"，一到疗养院，站在父亲住的楼下，我就听到父亲声嘶力竭的喊叫声，冲上楼，看父亲的房间的门被一条临时找来的铁链锁着，父亲像个被冤枉的囚犯一样乱叫乱喊着。我问父亲怎么了，父亲说他也不知道，已经关了他几个小时，快四点钟了，连中午饭都还没给他吃。王局长带我去找院领导，本来还想控诉他们的，可听疗养院领导一说起事情原委，我们就无话可说了。原来院里有个护士姓施，很年轻，大家都喊她小施小施的，你知道家里人喊我也叫小思，可能就因为这个原因，引发了父亲的糊涂病，把小施当作了我，上午她来收拾房间，父亲突然对她有些过分的亲切，小施生了气就拂袖走了，结果父亲又追出来，又喊又追的，把小施吓得惊惊叫叫的。就这样，这里人把父亲当作流氓关了起来。我们解释说这是怎么回事，这里人照样振振有词地指责我们，说既然这样，我们就不应该把父亲送到他们这来，他们这是疗养院，不是精神病院。这话说得并不算错，因为确实是我们的不对，让我气的是，当时有人居然提出要我们给那个小施道歉，还要赔偿精神损失费，那么我想，我父亲的精神都已经"损失"成这样了，我们又去找谁赔偿呢？

疗养院的事就这么结束了，满打满算父亲只待了三天，然后想待也待不成了，于是又回到了家里。人是回来了，但我心里还是很茫然的，我不知道怎样才能让父亲平平安安地把余生度过去，说幸福已经是想也不敢想了，只要平安，平平安安，我们就满足了。有人建议我把父亲送到精神病院，这我是坚决不同意的。这不等于是把父亲丢了？我想，我就是不要工作，也不能把父亲送到那里。这不是个道理问题，而是心情问题。我的心情不允许我做出这种选择。

然后是有一天，是父亲从疗养院回来后不久的一天，我下班回家，见父亲笑嘻嘻的，不等我开口问什么，就兴奋难平地告诉我，说组织上又给他分配任务了，他又要工作了！

那整个一天，父亲都处在这样的兴奋不已中。

说真的，我们以前盼啊望的，就希望父亲早一日走出红墙，想不到现在又要回去，我心里真觉得难过。真是不愿意啊。王局长征求我意见时，我就是这么说的，我说不行，我不忍心。我说我情愿把工作辞掉，待在家里侍候父亲，结果父亲把我骂了个狗血淋头。事后我想，这件事首先我是没有权利反对的，反对也是白反对，其次我就是辞了职，每分钟都守着父亲，那又能怎么的？父亲的病照样还是病，难受照样还是难受，我不可能给他带来快乐的。父亲的快乐我们是给不了的，谁能给？事实上就写在父亲那天的脸上。你无法想象,那天父亲是在怎样的一种兴奋中度过的,他跟阿兵打了两个小时长途电话,绕来绕去说的就是一句话:爸爸又有任务了,又要去工作了。

第二天,父亲就真的"又去工作了"——跟在阿兵的电话里说的一样。我清楚记得,那是1996年冬天的一个寒风料峭的日子,外面冷飕飕的,路上淌着夜里的雪水,我陪父亲走到院门口,把他送上去红墙那边的班车。班车开走了,望着它远去的背影,我的脑海里马上浮现出父亲义无反顾地钻进红墙大铁门上的小铁门的影像。

啊,父亲!

啊,红墙!

就这样,父亲在他走出红墙827日后的一天,又重新回到了它的怀抱里。

开始,我还老担心父亲在里面又犯糊涂病,又没人照顾的,说不准会闹出什么事情。还有,我也担心他的身子骨,毕竟歇了这么长时间,重新工作还能不能受得了?受不了又怎么办?总之,父亲这次重进红墙,把我的魂也给带进去了,我白天黑夜都心慌意乱的,睡不好觉,记不住事,整天恍恍惚惚的,老有种要出事的不祥感觉。但是一个星期过去了,又一个星期也过去了,然后一个月也过去了,什么事也没发生。非但没事,而且还好得很,每次回来,我看父亲脸上总是透着饱满的精神,看起来是那么健爽,那么称心,那么惬意,那么令我感到充实又满足。啊,你简直不能相信,父亲重返红墙后不但精神越来越好,而且连身子骨也越来越硬朗,那个古怪的毛病也不犯了,好了,就像从来没有过地好了。红墙就像一道巨大的有魔力的屏障,把父亲以前罪孽的日子全然隔开，断开了，用王局长的话说：父亲回到红墙里，就像鱼又回到了水里。

是的，父亲又鲜活了！

现在，我常常以忧郁的自负这样想，我想，宇宙会变化，可父亲是不会的。父亲的命就是一个走不出红墙的命，他的心思早已深深扎在那里面，想拔也拔不出来，拔出来就会叫他枯，叫他死。神秘的红墙是父亲生命的土壤，也是他的葬身之地，他是终将要死在那里头的……啊，说起父亲的死，我的手就开始抖，我不相信父亲已经死了，我不要他死，不要！我要父亲！

父亲！

父亲！

父亲！

你在哪里？

第七天

我已经没有力气再写下去，只有长话短说了。

那天正好是星期天，是父亲回家来的日子。父亲进红墙后，一般都是到星期天才回家来看看，住一夜，第二天再走；如果不回来，他会打电话通知我的。那个星期天，他没有给我打电话，我就准备他回来，到下午三点钟，我照常去菜市场买菜，买了四条大鲫鱼。父亲说鸡是补脚的，鱼是补脑的。他爱吃鱼，一辈子都在吃，吃不厌的。回到家里是四点钟，到四点半时，我正准备动锅烧菜，突然接到电话，说父亲心脏病发作，正在医院急救，要我赶紧去医院。说是单位的医院，就在营院里面的，可等我赶到那里，医生说已经转去市里的医院了。这说明父亲的病情很严重，我听了几乎马上就流下了眼泪，害怕的眼泪。等我跌跌撞撞赶到市里的医院，医生说父亲已经死过一会儿，但现在又救过来了。我不知悲喜地站在父亲面前，父亲对我笑了笑，没有说话。五天后，晚上的九点零三分，父亲又对我笑了笑，就永远告别了我……

第三部分　两封去信

致陈思思

　　刚刚我去了山顶上，对着遥远的西南方向，也是对着我想象中的你父亲——我师傅——的墓地，切切地默哀了足够多的时间。我相信，师傅要是在天有灵，他应该能听到我在山上对他说的那么多送别的话。我真的说了很多，很多很多，不想说都不行。我像着魔似的，一遍又一遍地呼唤着师傅，一遍又一遍地送去我的祝福，我的深情，因为送出得太多了，我感到自己因此变得轻飘飘的，要飞起来似的。那是一种粉身碎骨的感觉，却没有痛苦，只有流出的通畅，粉碎的熨帖。现在，我坐在写字台前，准备给你回信。我预感，我同样会对你说很多很多。但说真的，我不知道你何时能看到这封信。肯定要等很久。也许是几年。也许是十几年。也许是几十年。我不知道。我只知道，在你父亲的身世解密前，你是不可能收到此信的。就是说，我正在写的是一封不知何日能发出的信，不过，尽管这样，我还是要写，写完了还要发。这不是我不理智，而是恰恰是因为理智。我是说，我相信你父亲的秘密总会有解开的一天，只是不知道这一天在何时。

秘密都是相对时间而言的,半个世纪前,美国人决定干掉制造珍珠港事件的主犯山本五十六是个天大的秘密,但今天这秘密却已经被搬上银幕,成了家喻户晓的事情。时间会叫所有秘密揭开秘密的天窗的。从某种意义上说,世上只有永远解不开的秘密,没有永远不能解的秘密。这样想着,我有理由为你高兴。我知道——比谁都知道,我希望告诉你,你父亲晚年为什么会闹出那么多奇奇怪怪的事情,过得那么苦恼又辛酸。我这封信就会告诉你一切,只是见信时,请你不要怪我让你等得太久。这是一封需要等待才能发出的信,像一个古老的疙瘩,需要耐心才能解开。

你说过,外界都传说我们701是个研制先进秘密武器的单位,其实不是。是什么?是个情报机构,主要负责×国无线电窃听和破译任务的。要说这类情报机构任何国家都有,现在有,过去也有,大国家有,小国家也有。所以说,这类机构的秘密存在其实可以说是公开的秘密,不言而喻的。我们经常说,知彼知己方能百战不殆,其实所谓"知彼",说的就是收集情报。情报在战争中的地位如同杠杆的支点,就像某个物理学家说的,给他一个合适的支点,他可以把地球撬动一样,只要有足够准确的情报,任何军队都可以打赢任何战争。而要获取情报办法只有一个,就是偷,就是窃,除此别无他途。派特工插入敌人内部,或是翻墙越货,是一种偷,一种窃;稳坐家中拦截对方通信联络,也是一种偷窃。相比之下,后者获取情报的方式要更安全,也更有效。为了反窃听,密码技术应运而生了,同时破译技术也随之而起。而你父亲干的就是破译密码的工作。这是701运转的心脏。心脏的心脏!

破译是相对于造密来说的,形象地说,双方就是在捉迷藏,造密干的是藏的事情，破译干的是找的事情。藏有藏的奥秘，找有找的诀窍，经过两次世界大战的"洗礼"后，双方都已迅速发展成为一门科学，云集了众多世界顶尖级的数理科学家。有人说，破译事业是一位天才努力揣摩另一位天才的心的事业，是男子汉的最高级的厮杀和搏斗。换言之，搞破译的人都是人类在数理方面的拔尖人才，那些著名的数理院校，每年到了夏天都会迎来个别神秘的人，他们似乎有至高无上的特权，一来就要走了成堆的学生档案，然后就在里面翻来覆去地找，最后总是把那一两个最优秀的学生神秘地带走了。四十年前，N大学数学系就这样被带走了一个人，他就是你父亲。三十年后，你父亲的母校又这样被带走了一个人，那就是我。没有人知道我们是去干什么了，包括我们自己，也是几个月之后才明白自己是来干什么了：搞破译！

如果一个人可以选择自己的命运，坦率说，我不会选择干破译的，因为这是一门孤独的科学，阴暗的科学，充满了对人性的扭曲和扼杀。我清楚记得，那天晚上，当我被"上面的人"从N大学带走后，先是坐了几十个小时的火车，然后在一天夜里，火车在一个莫名的站台上停下来，前不着村后不着店的，几乎就在荒郊野地里。接着，我们上了一辆无牌照的吉普车，上车后带我的人十分关心地请我喝了一杯水。鬼知道这水里放了什么蒙人的东西，反正喝过水后我就迷迷糊糊睡着了，等醒来时我已在一个冷清清的营院里：这就是培训破译员的秘密基地。和我一道受训的共有五个人，其中有一个是女的。我们先是接受了一个月的强化"忘记"训练——目的就是要你忘记过去，然后是一个月的保密教育，再是三个月的业务培训。就这样神神秘秘、紧紧张张地过了半年后,我们又被蒙上眼睛离开了那里。我现在也不知那是在哪里,东西南北都不知道,只知是在某个森林里,原始森林。

在最后三个月的业务培训间,经常有一些破译专家来给我们授课,主要讲解一些破译方面的常识和经验教训。有一天,基地负责的同志告诉我们说,今天要来给我们授课的是一位顶尖级的破译高手,系统内都称他是天才破译家,但性情有些怪异,要我们好好听课,不要让他见了怪发脾气。这人来了以后,果然让我们觉得是怪怪的,说是来授课传经的,但进教室后看也没看我们,长时间坐在讲台上,旁若无人地抽着烟,一言不发的。我们屏声静气地望着他,时间一秒秒过去,烟雾缭绕了又缭绕,足足十分钟就这样过去了。我们开始有些坐不住,同学中有人忍不住地干咳了两声,似乎是把他惊醒了,他抬头看看我们,站起来,绕我们走了一圈,然后又回到讲台上,顺手抓起一支粉笔,问我们这是什么。一个人一个人地问,得到的回答都一样:这是粉笔。然后,他把粉笔握在手心里,像开始背诵似的,对我们这样说:

"如果这确实是一支粉笔,就说明你们不是搞破译的,反之它就不该是粉笔。很多年前,我就坐在你们现在的位置上,聆听一位前辈破译大师的教诲,他是这样对我说的:'在密码世界里,没有肉眼看得到的东西,眼睛看到是什么,结果往往肯定不是什么,(用手指点着)你肯定不是你,我肯定不是我,桌子肯定不是桌子,黑板肯定不是黑板,今天肯定不是今天,阳光肯定不是阳光。'世上的东西就是这样,最复杂的往往就是最简单的。我觉得我要说的也就是这些,今天的课到此结束。"

说完，他径自出了教室，弄得我们很是不知所措。然而，正是这种"怪"让我们无法忘记这课堂，忘不了他留下的每一个举动，每一句话。在后来的日子里，在我真正接触了密码后，我发现——越来越发现，他这堂课其实把密码和破译者的真实都一语道破了，说尽了。有人说，破译密码是一门孤独而又阴暗的行当，除了必要的知识、经验和天才外，似乎更需要远在星辰之外的运气。运气这东西是争不得求不来的，只能听天由命，所以你必须学会忍气吞声，学会耐心等待，等得心急火燎还要等，等得海枯石烂还要等。这些道理怎么说都有比不得他一个不说、一个莫名的沉默更叫人刻骨铭心，而他说的又是那么简单又透彻，把最深奥的东西以一语道破，把举目不见的东西变成了眼前之物，叫你看得见、摸得着。

这是一个深悉密码奥秘的人！

这个人就是你父亲。

半个月后，我被分到701总部机关，跟随你父亲开始了我漫长的破译生涯。我说过，如果叫我选择，我不会选择这个职业的，但在别无选择的情况下，能认你父亲为师，与他朝夕相处，又是我今生的最大幸运。说真的，在破译界，我还从没见过像你父亲这样对密码有着超常敏觉的人，他和密码似乎有种灵性的联系，就像儿子跟母亲一样，很多东西是自然相通的，血气相连的。这是他接近密码的一个了不起。他还有个了不起，就是他具有一般人罕见的坚忍品质，越是绝望的事，总是越叫他不屈不挠。他的智慧和野性是同等的，匹配的，都在常人两倍以上。审视他壮阔又静谧的心灵，你既会受到鼓舞，又会感到虚弱无力。记得我刚入红墙第一天，我被临时安排在你父亲房间休息，看见

四面墙上都打满了黑色的××,排列得跟诗句一样有讲究,是这样:

××××××
××××××
×××××××
×××××××
×××××××
×××××××
×××××××

从墨迹的鲜亮看似乎是才描摹过的。

我问这是什么,你父亲说是密码,是有关破译密码的密码,并让我试着破解。他看我一时无语,又给我提醒,说上面的话我是听他说过的。这样,我想了想也就明白了,因为他在课堂说的就是那么几句话,我只要简单地对应一下,就知道是属于哪几句。

就是这几句:

你肯定不是你
我肯定不是我
桌子肯定不是桌子
黑板肯定不是黑板
今天肯定不是今天
阳光肯定不是阳光

这几句话自他在课堂上说了后，我们几个学员平时经常当口头禅在念，想不到你父亲居然就跟它们默默地生活在一起。后来我知道，你父亲每天晚上睡觉前和早上起来，都要做祷告似的把这些话念上几遍。有时候闲来无事，他就重新描图一遍，所以它的色泽总是新鲜的。受你父亲的启示，我也照样做了，在房间四处这样写了，每天睡觉、起床都反复念叨几遍，久而久之，我知道，这对一个搞破译的人来说是多么重要。

有人问，谁最适合去干制造密码的事？回答是疯子。你可以设想一下，如果谁能照着疯子的思路——就是无思路——设计一部密码，那么这密码无疑是无人可破的。现在的密码为什么说可以破译，原因就在于造密者不是真正的疯子，是装的疯子，所以做不到彻底的无理性。只要有理性的东西存在，它就有规律可循，有门道可找，有机关可以打开。那么谁又最适合干破译？自然又是疯子，因为破译总是相对于造密来说的。其实，说到底，研制或者破译密码的事业就是一项接近疯子的事业，你愈接近疯子，就愈远离常人心理，造出的东西常人就越是难以捉摸、破解。破译同样如此，越是接近疯子，就越是接近造密者的心理，越是可能破解破译。所以，越是常态的人，往往越是难以破译密码的，因为他们容易受密码表面的东西迷蒙。密码的真实都藏在表面之下，在表面的十万八千里之深，十万八千里之远。你摆脱不了表面，思路就不容易打得开，而这对解密是至关紧要的。打个比方说，像下面这两句话：

你肯定不是你

我肯定不是我

现在我们不妨将它假设为两种密面。
第一种是——

××××××
××××××

第二种是——

天上有一颗星
地上有一个人

或者任意其他字面。
试想一下，哪一种更好猜？
自然是前一种，它好就好在表面空白一片，想象空间不受约束。而后一种，虽然你明知表面的意思是蒙人的，但你在扯揭幌子的过程中想象力或多或少，或这或那，总要受它已有的字面意向干扰和限制。而你父亲所做的努力，目的就是想达到前一种境界，做到面对五花八门的字面表意，能有意无意地摆脱它、甩掉它。这种无意识的程度越深，想象空间就越是能够自由拓宽，反之就要受限制。事实上，破译家的优秀与否，他们首先是从这个无意和有意之间拉开距离的。诚然，要一个"有意"的正常人彻底做到"无意"是不可能的，可能的只是尽量接近它。而尽量接近又不是可以无穷尽的，因为接近到一定程度，你的"有意之弦"如游丝一般纤弱，随时都可能断裂，断裂了人也就完了，成了疯傻之人。所以说，破译家的职业是荒唐的，残酷的，它一边在要求你装疯卖傻，极力抵达疯傻人的境界，一边又要求你有科学家的精明，精确地把握好正常人与疯傻人之间的那条临界线，不能越过界线，过了界线一切都完蛋了，就同烧掉的钨丝。钨丝在烧掉之前总是最亮的。最好的破译家就是最亮的钨丝，随时都可能报销掉。

你父亲是众所公认的最好的破译大师，他以常人少见的执着，数十年如一日，一刻不停地让自己处在最佳的破译状态——钨丝的最亮状态，这本身就是一种疯子式的冒险。只有疯子才敢如此大胆无忌！这一方面使他赢得了最优秀破译家的荣誉，另一方面也使他落入了随时都可能"烧掉"的陷阱中，随时都可能变成一个真正的疯傻之人。说到这里，我想你应该明白为什么你父亲晚年会犯那种病——你认为古怪的病，那是他命运中必然要出现的东西，不奇怪的。在我看来，值得奇怪的是，他居然没被这命运彻底击倒，就像钨丝烧了几下，在微暗中又慢慢闪亮了。

这简直是个奇迹！

不过，对你父亲来说，他一生都是在奇迹中过来的，多一个奇迹也不足为怪的。

至于你父亲的"围棋现象"，那就更没什么好奇怪的。从职业的角度说，从事破译工作的人，命运中和棋类游戏都有一种天然的联系，因为说到底密码技术和棋术都是一种算术的游戏，两者是近亲，是一条藤上的两只瓜。当一个破译家脱离工作，需要他在享乐中打发余生时，他几乎自然而然地会迷恋于棋术。这是他职业的另一种形式，也是他从择业之初就设计好的归宿。当然，跟深奥的密码相比，棋谱上的那丁点奥秘、那丁点机关是显得太简单太简单了。所以，你父亲的棋艺可以神奇地见棋就长，见人就高，就好比我们工作上使用的大型的专业计算机，拿去当家庭电脑用，那叫杀鸡用牛刀，没有杀不死的一说。

总之，正如你对我说的，你父亲晚年古怪的才也好，病也罢，都跟他在红墙里头秘密的破译工作是分不开的。换句话说，这些都是他从事这一特殊职业后而不可改变的命运的一部分。世上有很多很多的职业，但破译这行当无疑是最神秘又荒唐的，也最叫人心酸，它一方面使用的都是人类的精英，另一方面又要这些人类精英干疯傻人之事，每一个白天和夜晚都沉浸在"你肯定不是你／我肯定不是我"的荒诞中，而他们挖空心思寻求的东西仿佛总在黑暗里，在一块玻璃的另一边，在遥远的别处，在生命的尽头……

致陈思兵

给思思的信同时也是给你的，因为我想，即使我不给你，思思收到信后也一定会给你看的。所以，给思思写信时，我特意用了两层复写纸，于是那封信出现了三份，其中一份是你的（另有一份是单位要存档的）。你可以先看我给你姐姐的信，那样你就明白——一开始就会明白，为什么你到今天（谁知道"今天"是何年何月）才收到我的信。因为，我在信中说的是你父亲的事，尚未解密的事。等待解密的过程，就同等待我们命运一样，我们深信"这一天"一定会在未来中，但"这一天"何时出现，只有天知道。

也许，你看我给思思的信，已经发现，那封信我是在半年前就写好的，为什么给你的信要到今天才来写？其实，虽然我很知道，你是那么希望我告诉你"那件事"——你父亲在遗书中提到的"那件事"，但同时我也很知道，我是绝不可能满足你的。所以，我一直以为我是不会给你写这封信的，想不到，事情现在出现了我始料不及的变化。正是这个变化，让你一下拥有了"那件事"的知情权。

事情是这样的，前两天，总部王局长来我们这里视察工作，他会见了我，并跟我说了很多关于你父亲的我不知道的事，其中就谈到"那件事"。当时我一下愣了，因为你知道，"那件事"完全是我和你父亲的秘密，老王局长他怎么会知道呢？原来你父亲头一天给我留了遗书，到第二天，就在他死之前，他又用生命的最后一点气力把"那件事"如实向组织上"坦白"了。因为事情关系到701的秘密，说之前无一外人在场，所以这你们是不知道的。当时在场的只有王局长一人，听他说你父亲说完"那件事"后，像是终于了了人世间的一切，说走就走了，以致你们都差点没时间跟他告别。啊，师傅啊师傅，千不该万不该啊，你何苦说它呢？你为什么不相信我？哦，师傅，听我说，你想的和说的都不是事实，说了只会叫我难过的。我现在真的很难过……现在我反倒很想跟你说说"那件事"，因为我想既然你父亲自己已经把事情说了，给我的遗书也成了废纸一张。何况，他说的不是事实，我有必要对它进行更正。

阿兵，看了我给你姐姐的信，想必你已经知道，你父亲是专门破译密码的，这桩神秘又阴暗的勾当，把人类众多的精英纠集在一起，为的是猜想由几个简单的阿拉伯数字演绎的秘密。这听来似乎很好玩，像出游戏，然而人类众多精英却都被这场游戏折磨得死去活来。密码的了不起就在于此。破译家的悲哀也在于此。在人类历史上，葬送于破译界的天才无疑是最多的，换句话说能把一个个甚至一代代天才埋葬掉的，世上大概也只有该死的密码了，它把人类大批精英圈在一起似乎不是要使用他们的天才，而只是想叫他们活活憋死，悄悄埋葬。从这个意义上说，你父亲是幸运了又幸运的，在他与密码之间，被埋葬掉的不是他本人，而是密码。他一生共破掉三部中级密码、两部高级密码，这在破译界是罕见的。我想，如果诺贝尔奖设有破译奖，你父亲将是当然的得主，甚至可以连得两届。

我是1983年夏天到701的，当时你父亲已经破译一部高级密码，两部中级密码，因而身上披挂着等身的荣誉，但破译"沙漠1号"密码的新任务又似乎把他压迫得像个囚徒，每天足不出户的。"沙漠1号"密码简称火密，是×国七十年代末在三军高层间启用的一部世界顶尖的高级密码，启用之初国际上众多军事观察家预言，二十年之内世界上将无人能破译此密码：破译不了是正常的，破译了反倒是不正常的。从你父亲破解三年蛛迹未获的迹象看，这绝非危言耸听。我至今记得，你父亲第一次跟我谈话，说他在破译一部魔鬼密码，我要是害怕跟魔鬼打交道就别跟他干。十年后，我有点后悔当时没有听信你父亲，因为在这十年里我们付出的努力是双倍的，我们甚至把做梦的时间都用来猜想火密深藏的秘密，但秘密总在秘密中，在山岭的那一边。有时候我想，毕竟我和你父亲是不一样的，他囊中已揣着足够他一辈子分享的光荣，即使这一博输了他毕生还是赢的，而我一个无名小卒，刚上场就花十来年时间来博一场豪赌，确实显得有点草率和狂妄。很显然，如若这一赌输了，我输的将是一辈子。但在十年之后再来思索这些问题无疑是迟了,依你父亲的话说:这不是聪明之举,而是愚蠢的把柄了。在你父亲鼓励下,我对自己命运的担忧变成了某种发狠和野心,有一天,我默默地把铺盖卷到了破译室。你父亲看见了,丢给我他寝室的钥匙,要我把他的铺盖也卷过来。就是说,我们准备做垂死挣扎。以后我们就这样同吃同住,形影不离的。你父亲一直迷信人在半夜里是半人半鬼的,既有人的神气又有鬼的精灵,是最容易出灵感的,所以长期养成早睡早起的习惯,一般晚上八点钟就开始睡,到半夜一两点钟起床,先是散一会儿步,然后就开始工作。这样我们的作息时间基本上是岔开的,因此我很快发现了你父亲一个秘密:睡觉时经常说梦话。

梦话毕竟是梦话,叽叽咕咕的,像个婴儿在咿呀学语,很难听得懂意思。但偶尔也有听得懂的时候,只要能听懂的,我发现说的多半是跟火密有关的。这说明他在梦中依然在思索破译火密的事。有时候他梦话说得非常清楚,甚至比白天说的还要清楚,而道出的一些奇思异想则是极为珍贵的。比如有一天,我听他在梦中喊我,然后断断续续地对我说了一个关于火密的很怪诞的念头,说得有模有样,有理有据,像跟我做了一番演讲。完了,我感觉他说的这念头简直离奇透顶,却又有一种奇特的诱人之处。打个比方说,现在我们把火密的谜底假设是藏在某个遥远地方的某一件宝贝,我们去找这个地方首先要做出选择:是走陆路还是水路,或者其他途径。当时我们面临的情况是这样的,眼前只有乱石一片,一望无际的,看不到任何水面,所以走水路完全给排除了。走陆路,我们试了几个方向去走,结果都陷入绝境,不知出处在哪里。正是在这种水路看不见、陆路走不通的情况下,你父亲在梦中告诉我说：乱石的地表下隐藏着一条地下河流，我们应该走水路试试看。我觉得这说法非常奇特又有价值，尝试一下，哪怕是错误的，也会长我几分在你父亲心中的形象。所以，第二天，当我证实你父亲对夜里的梦话毫无印象时，我便把他的梦话占为己有，当作自己的观点提出来，一下子得到了你父亲高度认可。

请记住，这是以后的一系列神奇和复杂的开始，前提是我"剽窃"了你父亲的思想。

然后，你想不到——谁也想不到，当我们这样去尝试时，简直不敢相信，我们立足的乱石荒滩底下果然暗藏着一条河流，可以带我们上路去寻觅想象中的那个地方。于是，我们整装出发了。啊，真是不可思议啊，一个我们用十多年辛劳都无法企及的东西，最后居然如此阴差阳错地降临！

这是破译火密最关键的一步，有了这一步，事情等于成功了一半。接下来，还有两道重要的关卡是不能避免的：一是选择哪里上岸的问题，二是上岸后是选择在室外找还是在室内找的问题。当然，我现在说的这些都是打比方说的。所有的比方都是不真切的，蹩脚的，但除了这样说，我又能怎么说呢？老实说，如果不打比方，如实道来，不但你看来不知所云，而且你将永远无缘一睹。我是说，如果我把我们破译火密的具体过程如实说了，这封信恐怕难以在你的有生之年内解密。

话说回来，如果上面说的"两个问题"一旦解决掉了，那么我们无疑可以极大地加快破译进程，也许转眼间就会破译。可如何来解决那两个问题呢？我又寄望于你父亲的梦话，很荒唐是不？荒唐也只有任其荒唐了，因为我想不出还有什么更好的渠道。于是，从那以后我一直很注意收集你父亲的梦呓，凡是听得懂的，不管跟火密有关无关，都做了笔记，反复推敲，仔细琢磨其中可能有的灵感。但说真的，我从内心里已不相信还会发生这种事，因为事情太神奇，出现一次已经奢侈得令人匪夷所思，哪还敢再三求之？连幻想都不敢了，就是这样的。但事情似乎下定决心要对我神奇到底，每次到需要我们做关键抉择的时刻，你父亲总是适时以梦呓的形式恰到好处地指点着我，给我思路，给我灵感，给我以出奇制胜的力量和法宝，让我神奇又神奇地逼近火密的终极。冥冥中，我感觉自己正在一点点变成你父亲，话语少了，感情怪了，有时候一只从食堂里跟回来的苍蝇，在我面前飞舞着，忽然会让我觉得无比亲切，嗡嗡的声音似乎也在跟我诉说着天外的秘密。就这样，两年后的一天，我们终于如梦如幻地破开了火密，在人类破译史上创下了惊世骇俗的一页。我现在想，如果让我开始就与你父亲同居一室，随时倾听他的梦话，那我们也许会更早地破译火密；如果能让我听懂你父亲的所有梦呓，那么破译的时间无疑还要提前。我甚至想，虽然破译火密是世上最难的事，但如果谁能破译你父亲的梦呓，这也许又会变得很容易的。干我们这行的都知道，世上的密码都不是在正常情况下破译的，而是在人们有心无意间，在冥冥的阴差阳错间，莫名其妙地破译的。破译家的悲哀在于此，破译家的神奇也在于此。但是，像我们这样鬼使神差破译火密的，恐怕在神秘的破译界又是创了神秘的纪录的。

凯旋也是落难。刚刚摆脱火密的纠缠，一种新的纠缠又缠上了我和你父亲，这就是：美丽的皇冠该戴在谁头上。这个事情说起来似乎不比火密简单，首先制造复杂的是我和你父亲的诚实和良心，我们彼此都向组织上强调是对方立了头功，真诚地替对方邀功请赏。这就是说在我和你父亲之间，我们谁也没有抢功劳，没有损人利己，没有做违心缺德的事。这我绝对相信你父亲，我也相信自己。我说过，当你父亲第一次托梦给我灵感时，我没有如实向他道明事实，是出于一种虚荣心，但后来几次不仅仅是这样，后来我还有这样的忧虑：我怕如实一说，会影响你父亲一如既往地托梦给我。这完全是可能的，他本来是"无心插柳"，可一旦被我道破，"无心"就会变成"有心"，"无意"就会"刻意"。有些事情是不能苛求的，苛求了反而会变卦。正是这种担心，我一直不敢跟你父亲道破他梦呓的秘密。不过我早想过，如果有一天我们破译了火密，我是一定要告诉他真情的。所以，火密被破译后，当你父亲热烈地向我祝贺时，我一五一十全都跟他如实说了。我这么说，目的就是让你父亲幸福地来接受这一胜利果实，这也足以证明我刚才说的——当初不说，不是我想抢功。

然而，你父亲根本不相信我说的，包括我拿记录托梦的笔记给他看，他也不相信，说这并不能证明什么。总之，不论我怎么解释他都不相信，总以为我这是在安慰他，是我对他尊敬的谦让。当然，这事情说来确实难以相信，它真得比假的还要假，若以常理看没人会相信的。在后来的日子里，我一直后悔当初没有把他的梦话录下音，有了录音，就什么都不用说了。录个音本是举手之劳的事，而你父亲恰恰就是这样想的，认为如果真有那种情况，我一定会做录音的。可我就是没有。事情都是此一时彼一时的，当时谁知道有一天我们还要为荣誉你推我让的？不过你推我让，总比你抢我夺要好，你说是不？

不，事情远不这么简单。

事情到了机关，到了领导那里，到了上报的材料上面，就变得越来越复杂了。第一次审阅上报材料，你父亲看关键之处没我的名字，当即做了修改，把自己的名字圈掉了，同时加上我的名字。然后轮到我看，我又划了你父亲画的圈圈，同时把自己的名字涂掉了。第二次审稿，你父亲把材料上我俩名字的前后做了个调整，把自己的大名挂在了我之后，我看了毫不犹豫地又掉了自己的名字。也许上面的同志正是从我这个坚决的举动中，更加坚信你父亲所以这么抬举我，纯属是出于友情和对徒弟的关爱。换句话说，虽然我和你父亲同样在为对方请功，但上面的同志有充分的理由相信：我的"请"是真的，而你父亲是假的，是在设法施恩于我。可崇高而光辉的荣誉岂能徇私？徇了私，"上面的同志"岂不要怀疑有人在玩忽职守？所以，材料虽经几番改动，但最后又回到原样：关键之处没有我的名字。这是组织纪律的需要，也是合情合理的。确实，我一个无名小辈哪有能耐上天揽月？顶多是替师傅打了个不错的下手而已，即便有些功劳一并记在师傅荣誉簿上也属理所当然，岂能与师傅平分秋色？这大抵就是当时上面同志的心理，基本上也是我的态度。说真的，事情最后这么落场，我绝无不平不满之念，更无怨屈之言。我觉得事情本该如此，心里由衷地替你父亲高兴。

然而，你父亲却由此背上了沉重的心理负担，总觉得是窃取了我的功劳，对我不起。开始，他还努力想改变局面，连找几位领导说，要求重新颁发奖令，与我分享荣誉。但这又谈何容易？说句不好听的话，即使上面同志认定奖令有错，至此也只能将错就错，何况他们从不认为有错。我不出怨言，就是奖令无错的最好证明。这种思路无疑是正确的。正确的事情就该执行，就该宣传，就该发扬光大。就这样，各种荣誉就像潮水一样，一浪盖过一浪地朝你父亲扑来，英雄的名声像狂风一样在上下席卷，并且远播到每一个可以播到的角落。殊不知，越是这样，你父亲心里越是惶惶不安。可以这样说，开始他的不安更多是出于对我的同情，所以他极力想为我鸣不平，但后来的不安似乎已有质的变化，变得沉重，变得有难言之隐，好像他有什么不光彩的把柄捏在我手上，唯恐我心里不平衡，把事情的原委捅出去。不用说，我真要向他发难，他和众多上面同志岂不要贻笑天下？事情到后来确实弄巧成拙，弄得你父亲两头做不成人，对我他总觉得欠亏了我，对上面他总担心有天事发，弄得大家狼狈不堪。尽管我做了很多努力，包括把记录着他托梦给我的笔记本都当他面烧了（这无疑是我要向他发难的最有力武器），但我的努力似乎难以彻底治愈他不安的心病。当然，从理论上讲，烧掉原件并不排除还有复印件的秘密存在，而我一口口的保证又能保证什么呢？这不是说你父亲有多么不信任我，而是你父亲认定这事情欺人太甚！既是欺人太甚，我的感情就可能发生裂变，甚至跟他反目成仇，来个鱼死网破什么的。所以，后来他一边用各种方式对我进行各种可能有的补偿的同时，一边又念念不忘地宽慰我，提醒我，甚至恳求我咽下"那件事"，让它永远烂在我肚子里，包括在临死前还在这样忠告我。

啊，还有什么好说的？是我们朴实的良心在起坏作用。在我们各自良心的作用下，一切都开始变得复杂，变得乱套了。我真后悔起初没把他的梦话录下音，再退一步说，如果早知这样，当初在荣誉面前我又何必推来让去的？但我说过，事情是此一时彼一时的，当时我那样做完全是出于对事实的尊重，也是出于对你父亲的敬和爱。我又何尝不要荣誉？只因为我太敬爱他，觉得去抢他荣誉，我于心不忍，谁想得到事情最后会弄成那样，那同样令我于心不忍！然而，这一切，所有的一切，我要说，不是我和你父亲自己制造的，而是上面的那些被世俗弄坏了心机的人造成的。有时候，我觉得对你父亲来说密码并不可怕，可怕的是密码之外的东西，就如走出红墙他无法正常又健康地生活一样，让他走出破译室去破译外面的世界，破译外面人想的、做的，那对他才是折磨，是困难，是不安，而至于真正的密码，我看没有哪部会叫他犯难而不安的。你知道，你父亲后来又返回红墙了，其实是又去破译密码了。这次他破的是一部叫"沙漠2号"的密码，又称炎密，是火密的备用密码。

炎密作为火密的备用密码，在火密已经被使用快二十年后，它基本上可以说是被彻底废弃了，哪怕对方知道我们已经破译火密也不会启用。这是因为，当时对方已经即将研制出"阳光111"密码，在这种情况下，他们即使知道我们已破译火密，决定更换新密码，也不换用炎密，因为炎密和火密是同代密码，既然老大都已被破译，又怎能指望老二幸免于难？这就是说，当时对方启用炎密的可能性几乎已经不存在，所以破译它的价值几乎也等于零。可又为什么还叫你父亲去破呢？用王局长的话说：就是想给他找个事做。当时你父亲的情况你是知道的，如果长此下去，病情势必愈演愈烈，结果必将有一发不可收拾之时。老王局长告诉我，他正是担心你父亲出现这种病发不愈的情况，所以才出此下策，安排他去破译炎密，目的就是想让他沉浸在密码中而不被病魔击垮。换句话说，组织上是想用密码把他养着，把他病发的可能掐掉，让他无恙地安度晚年。可是人算不如天算，谁想得到破译炎密的巨大喜悦居然引发了他的心脏病，可恶地夺走了他的生命。从重新走进红墙，到破译炎密，你父亲仅用了一百多天时间，这一方面当然是得益于破译火密已有的经验，另一方面也足以说明你父亲确实是个破译高手！

啊，为密码而生，为密码而死，这对你父亲来说也许是最贴切不过的，贴切得近乎完美，美中不足的是，他至死也未能破译自己的密码："那件事"的密码。这密码的密底其实就是我说的，可他总不相信。所以，此时此刻，我是多么希望你父亲在天有灵，看到我给你写的这封信，那样他也许就会相信我说的，那样，他在天之灵也许就不会再被无中生有的愧疚纠缠。但是，无论如何，你不能让思思看到这封信，因为那样的话，她就会看见你父亲的"又一个悲哀"，从而给她造成更多的悲伤……

《山花》2003年第5期